U0153247

普義南 主編

曾昱夫、林黛嫚、侯如綺
普義南、羅雅純、許維萍 等編著
殷善培、楊宗翰、陳大道

中國語文
能力表達

（第四版）

五南圖書出版公司 印行

序

　　早在民國47年，教育部頒訂各大學院校大一「共同必修科目」，「國文」便名列必修科目之一。「國文」又稱「大一國文」，或「大學國文」，顧名思義，就是大學一年級國文課程，每一所大學共同必修科目，在我讀大學的年代，大一必修「國文」一學年上、下學期共8學分，可見「國文」受重視程度。自民國85年大法官會議決議廢除「部訂大學共同必修科目」後，至今，仍可以在許多大學課程裡看到「大一國文」的身影。以北部幾所國立大學為例：國立中央大學共同必修科目「國文」，「含上或下學期共3學分之大一國文專業課程及單學期2學分之大一國文中文寫作課程」；國立臺灣大學「大一國文」調整為「大學國文」，分為「大學國文一」與「大學國文二」，各自獨立，學生應至少修習一門「大學國文」3學分，並且開放一至四年級皆可修習，不侷限一年級必修；國立政治大學中國語文通識教學課程分「國文」、「進階國文」二種，大一學生必修「國文」3學分；國立臺灣師範大學「共同必修科目」的「基本能力課程」，其中「中文閱讀與思辨、中文寫作與表達」必修4學分。某些校院雖然保留「國文」科目名稱，但其實，授課內容已經依各校院之「共同必修」或「通識教育」精神而調整，「國文」科教學，由早期的中國文學作品講解與賞析，以及配合課程附加的「作文」習作，轉變成為著重中國語文聽、說、讀、寫，以及實務實作的課程，如今，「大學國文」已經轉型、融入成為通識教育一環！

　　淡江大學課程規劃向來具有前瞻性，套用今年初以來的流行用語，叫做「超前部署」。先於大法官廢除部訂大學共同必修科目之前，淡江大學早在民國82年便已開設「中國語文能力表達」，取代「大一國文」。中國語文能力表達課程分二節課的「大班上課」與一節課的「分組討論」，共3學分，教師還需要批改學生作業2至4篇。新課程剛開始實施，每位教師根據自己的學術專長規劃課程內容，形成一門課程多樣授課內容的特殊景象，雖然老師們各盡所能，但是學生只能被動接受安排任課老師的特殊教學內容，未必皆能各取所需。直至民國86年，以「淡江大學〈中國語文能力表達〉研究室」

之名編纂之《創意與非創意表達》出版後，中國語文能力表達課程正式使用共同教科書。這本書撰寫緣起，林保淳老師在初版序文說：「這本書雖然由我掛名，事實上是系裡全體同仁共同規劃出來的，細節部分，由陳廖安老師與我修擬，分任撰寫成敗重責的是殷善培、崔成宗、許華峰、黃復山、盧國屏與我。」本書共分五章：

第一章　導論：包括第一節　語言功能、第二節　中國文字的特性。

第二章　表達基本原理：包括第一節　文章寫作原理、第二節　創作與構思、第三節　文章修辭。

第三章　表達基本方法：包括第一節　抒情手法、第二節　記敘手法、第三節　議論手法。

第四章　綜合表達：包括第一節　文宣廣告、第二節　研究報告、第三節　報導文學、第四節　企劃案的製作、第五節　公文的製作、第六節　自傳的寫法。

第五章　生活與藝術：包括第一節　典雅脫俗的文字遊戲 ── 對聯、第二節　雅俗共賞的文字機趣 ── 猜燈謎。

　　依本書章節構結而言：首先從中國語言文字的符號特性談起；再論文字表達的原理與技巧；且依文字表達之動機，分論寫作基本原理與手法；再以文字為工具之書寫形式，依目的之分類，說明文字可以獲致之實務功能；最後再舉對聯與燈謎二項文字遊戲為例，表現中國文字的趣味性；本書章節完全符合中國語文能力表達課程目標與精神，同時展示編纂群組用心與巧思。

　　《創意與非創意表達》做為中國語文能力表達課程教材多年，為能更貼切開課精神，民國101年，「淡江大學中文系教材編輯委員會」委託普義南老師擔任副主編，協同本系新生代教師：曾昱夫、李蕙如、羅雅純、侯如綺、黃文倩等老師，合編出版：《中國語文能力表達 ── 寫作表達》，正名教材與課程名稱一致。其後，為因應多元媒體時代需求，擴展中國語文能力表達課程內容多元表現，民國106年普義南老師擔任主編，協同本系：殷善培、馬銘浩、許維萍、陳大道、鄭柏彥、黃文倩、羅雅純、楊宗翰、周文鵬等老師，再合編出版：《中國語文能力表達 ── 多媒表達》。「寫作表達」與「多媒表達」二書互補使用，相輔相成，中國語文能力表達課程教材至此

已臻完備。

　　自106學年度開始，淡江大學全面降低大學部各學系畢業學分至128，同時限縮各學系開課總學分數，通識課程自然不能「倖免於難」，中國語文能力表達由原本3學分，調降至2學分，於是分組討論被迫取消；同時，配合教務處要求，由全校二年級必修，調整至一年級。此外，為配合淡江大學「107-111年度高等教育深耕計畫」之「一、跨校共同性績效指標」之計畫目標：「落實教學創新及提升教學品質【課程教學開創新局】」之績效指標」之「厚植學生基礎能力，提升學習成效」之「6.學生閱讀寫作能力提升及成效」，中國語文能力表達責無旁貸肩負起「提升學生閱讀與寫作能力」之重責大任。中文系負責語表學門師資聘任、教材編纂、安排授課時段與一切行政業務，面對畢業學分數調降與高等教育深耕計畫之編制任務，中國語文能力表達課程規劃與教材內容，再度面臨調整與改寫。

　　今年（109）4月間，中文系假文學院會議室召開「中國語文能力表達學門會議」，會議邀集所有教授中國語文能力表達課程的專、兼任教師齊聚一堂，集思廣益，研擬新版《中國語文能力表達》教材可行性。會議由普義南老師主持，綜合說明《中國語文能力表達》「寫作表達」與「多媒表達」二書使用情形，分析利弊得失；與會老師依個人教學實踐心得，提供諸多寶貴建言；會議後，由普老師彙集所有檢討與建議，重新選編與調整章節順序。目前擬定（依章節順序）由：曾昱夫、林黛嫚、侯如綺、普義南、羅雅純、許維萍、殷善培、楊宗翰與陳大道等九位老師，分章撰寫。

　　這本書的出版，標誌著中國語文能力表達課程因應時代轉型的嶄新面貌，肩負淡江大學既有的八大素養與通識教育目標，同時又承擔五年高等教育深耕計畫「提升學生閱讀與寫作能力」的重責大任。本書能順利出版，淡江大學中國文學學系教師群策群力，協同完成，居功厥偉；普義南老師統籌規劃與主編校對，才是最重要的推手；系辦公室李尹助理負責協調通識業務，功不可沒；林宸帆同學協助普老師處理學門庶務，值得嘉許；至於我，

只是藉職務之便，分享大家成果而已。

周德良

淡江大學中國文學學系主任

中華民國一〇九年六月二十三日於辦公室

目次

第一章
語言與中國文字

曾昱夫

導言

　　「語言」是區別人與其他動物的主要特徵之一，我們每個人每一天都必須使用語言，不管是人與人之間的對話與溝通，或一個人獨處時的自我省思，甚至於在睡夢之中，都離不開語言。在文學創作上，所有文學作品也都必須依賴語言而呈現。如果沒有語言，文學也就消失了。[1]不管是對於整個社會群體，或是在每個人的生活中，語言都扮演著非常重要的角色。因此，對於語言的認知，已不再是語言學家的責任，而是文學創作者或是所有需要使用語言的人都必須具備的基礎素養。「文字」則是記錄語言的載體，將語言這一聽覺符號系統轉化為視覺符號加以傳達訊息，並使之能夠永久流傳。因而「語言」與「文字」已是人類文化必不可少的元素。本章重點即是從漢語與漢字體系的角度出發，介紹語言與文字等相關知識。

一、語言系統與結構

　　現代語言學家在面對「何謂語言？」此一問題時，會把這個問題轉化成「什麼叫作『會』一種語言？」進行觀察，從中說明「語言系統」所包含的元素，[2]並試圖從人類「語言知識」（linguistic knowledge）的角度加以詮釋。

　　由於日常生活當中所使用的「語言」，主要是透過「聲音」傳達訊

---

[1]　竺家寧：《中國的語言和文字》（臺北：臺灣書店，1998年），頁38。
[2]　黃宣範譯：《語言學新引（第七版）》（臺北：文鶴出版社，2005年），頁3-13。

息，因此「會一種語言」意謂著我們具備此一語言系統的「聲音知識」。其次，當我們說「會」一種語言的時候，總是在聽到屬於這一語言中的某一音串時，就能立即知道它所代表的意思，而此一認知過程，即代表著我們具備了這一種語言的「詞彙知識」，因為所謂的「詞」，就是語音與語義相結合的語言單位。另外，當我們說了解一個語言的時候，也意謂著我們能夠分辨某甲所說出來的句子，是不是符合我們使用這個語言的一般用法，例如：會說國語的人都會認為「我麵牛肉吃想要一碗」這一連串的聲音不會出現在對話當中，而這也說明「會」一個語言，也必須具備這個語言當中與句子相關的知識。

就上面所舉的例子加以綜合，我們可以說能夠使用一種語言，至少需要具備這種語言的「聲音知識」、「詞彙系統知識」以及「句子結構與規律的知識」，這些語言形式的掌握，最終都是要歸結到「語義概念的知識」，所以鍾榮富《當代語言學概論》說：

> 所謂『會』一個語言，指具有該語言的語言知識或語言能力。所謂語言能力指的是我們對於某個語言整個結構規律的掌握，包括語音、音韻、句法、構詞及語義等各個語法部門的綜合能力。[3]

因此，對於「語言系統」的認識，大體來說，在形式上也就可以將它區分為「語音」、「詞彙」與「句法」三個層次。

(一)語音

人與人之間的溝通，雖然也包含眼神、表情、手語、肢體語言等各種手段，但最主要的媒介，還是透過語音來傳達訊息，進行人際關係的互動。因此，人類語言的特點，就在於能夠運用語音來表達變化

3　鍾榮富：《當代語言學概論》（臺北：五南圖書出版有限公司，2006年），頁2。

無窮的意義，這也是其他動物所無法辦到的。[4]

　　語音是構成語言系統最基底的形式，世界上每一種語言都是由有限的語音單位組合而成，這些語音被分析為一段一段的「音段（segment）」。「音段」與「音段」之間，透過音韻規律的運作，可進一步組成一個個「音節」的單位。

　　以漢語來說，在傳統的學術體系裡，把和語音相關的知識領域稱為「聲韻學」，這是因為用以記錄漢語的漢字體系，具有單音節的特性，也就是一個漢字代表一個音節。漢字音節的內部，通常可再區分為「聲母」、「韻母」和「聲調」三個部分，其中「聲調」被視為包含在「韻母」的條件裡，因此以「聲」、「韻」為代表，作為研究漢語音韻的學術範疇。例如：「單」這個字，就是由聲母「ㄉ」和韻母「ㄢ」結合而成音節「ㄉㄢ」的讀音。

　　由於漢語字音的音節結構可析分為「聲母」跟「韻母」的觀念，因此在使用漢語表達或者利用漢字創作文學作品時，很自然會發現語言中存在著「聲母」或「韻母」語音部分相同的關連，進一步反覆利用這種音節內部部分相同的語音現象，即得以創造出各種充滿韻律之美的文學作品。

1. 押韻

　　一個國字的音節結構，可以分成聲母和韻母兩部分，其中韻母又包含「介音（韻頭）」、「主要元音（韻腹）」與「韻尾」三個部分。而所謂押韻的條件，以現今國語的音節為例，大體指的是主要元音跟韻尾兩個部分必須相同，如「窗、湯、香」三字可以押韻，就是因為主要元音跟韻尾相同。

　　在古典文學裡，押韻一直是主要創作手法之一，從先秦的《詩經》、《楚辭》，到後來的漢賦、唐詩、宋詞、元曲，無一不是講究押韻的文學體裁。現代文學中的「新詩」創作，雖然沒有規定非得要

---

[4] 呂叔湘：《語文常談》（北京：生活・讀書・新知三聯書店，1982年），頁2。

押韻不可，然而「押韻」仍然存在於許多新詩的創作當中。之所以如此，竺家寧《語言風格與文學韻律》說道：

> 韻律之美往往藉著同類的聲音一再反覆的出現，藉此造成音調鏗鏘的效果。「押韻」的理論基礎即在此，讓一個字音的後半截在句末一再反覆出現，造成韻律上的美感。[5]

押韻手段，除了顯現聲音之美以外，有時創作者還可藉以表達不同的氣氛情感，達到「聲」與「情」相互呼應的效果，例如漢高祖劉邦的〈大風歌〉：「大風起兮雲飛揚，威加海內兮歸故鄉，安得猛士兮守四方！」即是在每句的末尾運用聲音響亮的陽聲韻字，營造出一種慷慨高歌的英雄氣概。[6]不過這種「聲」與「情」之間的關係，通常只是一種傾向，具有主觀認定與解讀的差異性，因此在文學創作中並非某一韻字有特定必然的關聯。[7]

2. 雙聲

和押韻相對，雙聲指的是漢字音節中聲母相同的情形。在文學作品當中，也常利用這種相同聲母重覆出現的原理，形成一種韻律的效果。例如蘇東坡〈大風留金山兩日〉：「塔上一鈴獨自語，明日顛風當斷渡」即是利用「顛、當、斷、渡」的雙聲效果，模擬塔上鈴鐺的聲音，而形成一種節奏韻律。[8]

此外，漢語「雙聲」的音韻特色也常是作為設計「繞口令」的手法之一，如：「到福華飯店護髮護膚」、「和尚端湯上塔，塔滑湯灑湯燙塔」、「石獅寺有四十四隻石獅子，不知到底是四十四隻石獅子，還是四十四隻死獅子」等，都是利用「雙聲」性質所設計的語言遊戲。

5　竺家寧：《語言風格與文學韻律》（臺北：五南圖書出版公司，2005年），頁79。
6　同上註，頁31。
7　同註5，頁11。
8　同註5，頁91-92。

3. 平仄

漢語是一種聲調語言，聲調是音節中音高的起伏變化。形成這種
音高起伏變化的主因，是藉以傳播聲音的空氣分子，在空氣間來回震
動的頻率不同所造成的。當震動頻率愈高時，所發出來的音也愈高。
反之，當頻率愈低時，聲音也相對低沉。漢語即是利用這種音高起伏
不同的「聲調」區分漢字讀音與詞彙的語言。例如「媽、麻、馬、
罵」四個字的聲母跟韻母相同，只有聲調不同，可是卻區分為四個不
同的詞語，這就是聲調的特色。由於漢語字音具有此一特徵，因此聲
調也就成了文學作品創作的重要手法之一：

> 在漢語的詩律裡，比雙聲、疊韻更重要的，占主導地位的語
> 音因素，還得數四聲。四聲之中，音韻學家把平、上、去歸
> 為一類，跟入聲對立，文學家卻把上、去、入歸為一類，跟
> 平聲對立，稱之為仄聲。平聲和仄聲的種種組合，一句之內
> 的變化，兩句之間的應和，構成漢語詩律的骨架。[9]

至於文學家為什麼把「上、去、入」聲歸為一類，把「平」聲獨
立成一類的問題，王力有過這樣的解釋：

> 依我們的設想，平聲是長的，不升不降的；上去入三聲都是
> 短的，或升或降的。這樣，自然地分為平仄兩類了。「平」
> 字指的是不升不降，「仄」字指的是「不平」（如山路之險
> 仄），也就是或升或降。……如果我們的設想不錯，平仄遞
> 用也就是長短遞用，平調與升降調或促調遞用。[10]

可知這樣的分類，主要是與平、仄兩類聲調音高起伏的性質有
關。而由於「平聲」長而舒緩，「仄聲」短且急促，因此在音高起伏

9　呂叔湘：《語文常談》（北京：生活・讀書・新知三聯書店，1982年），頁20。
10　王力：《漢語詩律學》（香港：中華書局，2001年），頁6。

的組合中，同時也形成了長短交替的韻律節奏。試以近體詩中五言律
詩的普通格式為例：

　　(甲) 仄起式
　　　仄仄平平仄，平平仄仄平。
　　　平平平仄仄，仄仄仄平平。
　　　仄仄平平仄，平平仄仄平。
　　　平平平仄仄，仄仄仄平平。
　　　（如首句入韻，則為「仄仄仄平平」。）

　　(乙) 平起式
　　　平平平仄仄，仄仄仄平平。
　　　仄仄平平仄，平平仄仄平。
　　　平平平仄仄，仄仄仄平平。
　　　仄仄平平仄，平平仄仄平。
　　　（如首句入韻，則為「平平仄仄平」。）[11]

　　　從上舉五言律詩的平仄格律觀察，不難發現這種利用平仄調配
所形成的規律，基本是以兩個字為一個節律的單位，最後一個字則單
獨形成一個節律單位。兩字節律中以第二字為關鍵，因此每句一、三
字的平仄可具有調整的彈性，但二、四字則必須符合格律的要求。利
用這種平仄相間的排列組合，即可收到錯綜起伏，抑揚頓挫的節奏變
化。[12]
　　　「聲、韻、調」乃是了解漢語字音的基本概念，想要了解並有效
運用漢語，必須弄清楚這些基本概念，並藉由反覆觀察、熟習漢語字音
的這一特性，讓自己在創作或語言表達上可以有更靈活與適切的發揮。

11　王力：《王力近體詩格律學》（太原：山西古籍出版社，2003年），頁65。
12　謝雲飛：《文學與音律》（臺北：東大圖書公司，1994年），頁22。

(二)詞彙

　　語言系統的構成要素，除了語音之外，還包含詞彙和語法。若想要掌握一個語言並妥善運用它，就必須掌握這個語言所使用的詞彙及構詞的規律。一般而言，詞彙又可區分為「詞素」、「詞」跟「詞組」三個層次。

1. 詞素

　　「詞素」就是「構詞的要素」，是具有意義的最小語言單位。[13]語言中所有的「詞」都是由「詞素」所構成。以漢語而言，如果就音節數量的多寡來區分，又可分別為「單音節詞素」及「多音節詞素」，例如「將軍」一詞，是由「將」與「軍」兩個詞素所構成，「扶手」一詞，是由「扶」跟「手」兩個詞素所構成，「將」、「軍」、「扶」、「手」等就是「單音節詞素」。「多音節詞素」是由兩個或兩個以上的音節所構成的詞素，像「葡萄、琵琶、躊躇、蝴蝶」等，皆是由雙音節詞素所構成，「維他命、巧克力、馬拉松、盤尼西林……」等，都是由三個或四個音節詞素所構成，這些詞素都無法再進一步拆開成單音節的語言成分，如「葡萄」無法再分析成「葡」跟「萄」，因為拆開之後的「葡」跟「萄」分別都不具有指涉葡萄或其他意義的作用，是以都屬於「多音節詞素」。

　　如果從能否獨立成詞的角度來區別，「詞素」又可分為「自由詞素」與「附著詞素」。能夠獨立使用、單獨成為一個「詞」的，就是「自由詞素」，例如：「天、地、水、火、跑、跳、吃、喝……」等。不能獨自使用、必須附著在其他「詞素」之上的，就稱為「附著詞素」，例如：表動貌的「了、著、過」，必須附在動詞之後形成「看了、看著、看過」；表數量的「們」，必須附在有生名詞（或代詞）之後，構成「我們、你們、他們、學生們……」等。這些「詞素」都無法單獨使用，所以屬於「附著詞素」。

13　竺家寧：《漢語詞彙學》（臺北：五南圖書出版有限公司，1999年），頁8。

　　「附著詞素」附著在其他「詞素」之上的位置通常是固定的，因此又可以根據其出現的位置區分為「詞頭」或「詞尾」。[14]位於中心詞素之前的稱為「詞頭」，例如：「阿姨、阿婆、阿爹……」中的詞素「阿」；而位於中心詞素之後的稱為「詞尾」，例如：「鼻子、椅子、桌子、棍子、簾子……」中的詞素「子」。在語音形式上，詞尾通常會弱化，讀成「輕聲」，例如：「簾子」一詞中的「子」是個詞尾，所以讀「輕聲」；「蓮子」一詞中的「子」不是詞尾，所以讀成正常上聲（第三聲）的聲調。

2. 單純詞與合成詞

　　在「詞彙」的三個層次裡，「詞素」是構詞的單位，而「詞」則是屬於構句的單位。從「詞」的內部結構來看，依據所包含「詞素」的數量而言，「詞」可區分為「單純詞」與「合成詞」；依音節數來說，「詞」又可區分為「單音詞」與「多音詞」。由單一詞素所構成的詞，稱為「單純詞」；兩個或兩個以上詞素所構成的詞，即為「合成詞」。

　　「單音詞」只有一個音節，通常也只包含一個詞素，因此「單音詞」就是「單純詞」。「多音詞」則包含了「單純詞」與「合成詞」兩種情況。如果所重在音，而不管字義，[15]即用來記錄「多音詞」的文字僅有標音的作用，就都是屬於由單一語素所構成的「單純詞」。這類「單純詞」，根據其來源與作用，又可細別為承襲自古代漢語的「連綿詞」，如「崎嶇」、「流連」等；和受到外來語影響而利用聲音對譯的「音譯詞」，如「佛陀」、「沙發」等；以及模擬動物或自然界的聲音所產生的「擬聲詞」，如「嘀咕」、「叮噹」等。

14　按：根據附著詞素出現的位置，可區分為「前綴（詞頭）」、「後綴（詞尾）」、「中綴（詞嵌）」與「環綴」。一般認為漢語有「前綴」與「後綴」兩種詞素，至於是否有「中綴」，則尚有不同的意見，故此處只列出「詞頭」與「詞尾」兩類。

15　竺家寧：《漢語詞彙學》（臺北：五南圖書出版有限公司，1999年），頁21。

　　如果是因語意考量而結合的多音詞，則屬於「合成詞」。[16]它又可細分為由兩個或兩個以上自由詞素組合而成的「複合詞」，以及由一個自由詞素和附著詞素組合而成的「派生詞」。「派生詞」又可區分為「詞頭＋詞根」和「詞根＋詞尾」兩者。前者如「老外」、「老王」、「阿婆」、「阿洪」……等；後者如「苦頭」、「看頭」、「胖子」、「椅子」、「老師們」、「學生們」……等。複合詞內部詞素的結構關係則和句子內部的結構關係基本一致，可分成「主謂式」、「動賓式」、「動補式」、「偏正式」和「並列式」五種構詞方式，這也是漢語語法的特色之一。如「地震」、「海嘯」是主謂式複合詞；「動粗」、「將軍」是動賓式複合詞；「打倒」、「看破」是動補式複合詞；「火熱」、「冰涼」是偏正式複合詞；「手足」、「男女」是並列式複合詞。

　　除了以上幾種構詞方式之外，漢語還有「重疊構詞」的形式，也就是由兩個相同的音節所組成的詞彙形態。此種重疊構詞也可分為「疊音」與「疊義」兩類。[17]前者如：「關關」雎鳩、雞鳴「喈喈」……等；後者如「走走」、「看看」、「黑黑的」、「高高的」、「乾乾淨淨」、「快快樂樂」、「考慮考慮」……等。這種構詞方式不僅是漢語的特色，它同時也是文學創作與表達常用的手法，例如：白居易〈琵琶行〉中「大絃嘈嘈如急雨，小絃切切如私語，嘈嘈切切錯雜彈，大珠小珠落玉盤。」又如徐志摩〈再別康橋〉：

　　　輕輕的我走了，
　　　正如我輕輕的來；
　　　我輕輕的招手，
　　　作別西天的雲彩。
　　　……

---

[16] 李子瑄、曹逢甫：《漢語語言學》（臺北：正中書局，2009年），頁103。
[17] 同註15，頁279-280。

在作品中運用這種重疊詞，不僅可以營造所要表達的氣氛，還可以模擬聲音，在聽覺跟心覺的摹寫上，塑造出作者想要傳達的感受，並在節奏上形成流暢輕快的效果。

3. 熟語

「熟語」又稱為「固定語」或「固定結構」，屬於「詞組」層次的語言形式，是語言在長期使用的過程中，逐漸約定俗成而定型化的詞組或句子，又可區分為「成語」、「慣用語」、「諺語」與「歇後語」。

漢語的「成語」一般由四個字組成，結構緊密固定，中間通常不能再插入其他的字，或改動字的順序，並且往往具有典故的來源。表面上雖然是詞組的形式，但在使用上就相當於一個詞的單位。[18]如：「愚公移山」、「鷸蚌相爭」……等。在表達上，妥善的運用成語，不僅可以增加內容的深度與廣度，同時也能讓語言的組織更加精練。

「慣用語」則一般多以三音節的格式為主，少數為四個或四個以上的音節所組成，意義上通常是透過字面義比喻引申而成。[19]例如：走後門、背黑鍋、敲竹槓、炒冷飯、鑽牛角尖、皮笑肉不笑……等。在使用時，可以有形式上的變化，但所表示的比喻義不會改變。[20]例如：「走後門」意指「利用不正當的手段來達到某種目的」[21]，而非真的從「後門」走進來。形式上亦可說成「這次的徵選活動，你得開個後門讓他走」，而與「他當初是走後門進入這家公司的」，在意義的表達上是相同的。

「諺語」則是具特定意義和固定形式的句子。是人們口耳相傳的一種較為通俗、凝練的語言形式。[22]結構上可區分為單句與複句兩種

18　竺家寧：《漢語詞彙學》（臺北：五南圖書出版有限公司，1999年），頁415-424。
19　葛本儀：《漢語詞彙研究》（北京：外語教學與研究出版社，2009年），頁30-31。
20　符淮青：《現代漢語詞彙》（臺北：新學林，2008年），頁277。
21　教育部「重編國語辭典修訂本」網址：http://dict.revised.moe.edu.tw/，查詢日期，2015.3.31。
22　同註18。

形式，如：「敬酒不吃吃罰酒」、「浪子回頭金不換」、「飯後百步走，活到九十九」……等。其所表達的內容，通常都比較富有人生哲理的意味。

「歇後語」也是一種特殊、固定的語言形式，結構上通常由前、後兩個部分組成，前一部分為意義的比喻或引申，後一部分則是所比喻或引申的真正意涵。[23]例如：「啞巴吃黃蓮——有苦難言」、「四兩棉花——談（彈）不上」等。不過，雖然「歇後語」在形式上具有前、後兩個部分，但在運用時，仍然相當於一個詞組的單位。表達上，也往往具有較為詼諧、風趣的形象風格，如閩南語用「阿公娶某——加婆（家婆）」來比喻人家「多管閒事」，以「阿媽生查某囝——生姑（生菇）」來比喻「發霉」的意思，都是相當生動、有趣的表達方式。

㈢語法

現代語言學所謂的「語法」，與一般教學上所說的「語法」不同，它代表著內化於我們心智的語言能力，此一語言能力的具體反映，則是我們對於語言規律的掌握，包含聲音系統的知識、詞彙系統、構句系統（句法）甚至於是對語言的創造性等等，因為不管是聲音與聲音的結合，詞素與詞素的組合，或是組詞成句的構句過程，都有其一定的規律性。不過在傳統教學上所說的「語法」著重的焦點，主要仍是放在語言系統中組詞成句的規律這一語言層次上。

1. 詞類

「詞」是組成句子的基本單位，上舉「單純詞」、「合成詞」等的區別，是就詞的內部結構來區分。如果從「詞」的外部語法功能來看，也就是「詞」在組詞成句的語言結構裡所呈現出來的語法特點而言，則每一個詞的語法性質亦可區分出若干個不同的類別。

23　葛本儀：《漢語詞彙研究》（北京：外語教學與研究出版社，2009年），頁32。

　　由於漢語缺乏形態上的變化，因此不像英語等屈折變化豐富的語言一般，能夠從詞尾變化的規律，分別出「名詞」、「動詞」……等不同的類別。不過在漢語裡，每個詞在使用上仍然具有一定的語法功能與性質，因而可以區分出不同的詞類。

　　現代語言學的研究，對於漢語詞類的劃分，主要可以從「意義」、「形態變化」、「句中的功用」及「廣義的形態」四個方面來區別每個詞的詞性，例如「名詞」的特點，在於後面可以加上詞尾「子、兒、頭」或是複數形式的「們」，前面可以接數量詞，不能接副詞，且通常不重疊，在句子結構裡主要擔任主語和賓語等；「動詞」則通常具有能夠接受副詞的修飾，後面可帶有表動貌的助詞「了、著、過」，多半可重疊，可用「A不A」格式表疑問，以及在句子裡主要擔任「謂語」等特點。[24]根據這幾種判定的標準，我們大體上可以把漢語的詞類區分為下表一：

表一

實詞	體詞	名　詞	名　　詞	人、水、魚、太陽、電視
			處　所　詞	臺北、北京、學校、車站、圖書館
			方　位　詞	上、下、左、右、前、後……
			時　間　詞	今年、從前、星期四……
		數　詞	基　數　詞	一、二、三、四……十、百、千、萬
			序　數　詞	第一、第二、第三……
		量　詞	名　量　詞	個、件、片、張、塊、條、根……
			動　量　詞	次、回、趟、番……
		代　詞	人　稱　代　詞	我、你、他、我們、你們、他們
			疑　問　代　詞	誰、什麼、哪兒、幾……
			指　示　代　詞	這、那、這些、那些、這個、那個……

24　竺家寧：《中國的語言和文字》（臺北：臺灣書店，1998年），頁147-151。

謂詞	動詞	動　　詞	看、跑、跳、聽、喜歡……
		助　動　詞	能、會、要、應該……
	形容詞		美、高、多、香、安靜、偉大……
	副　詞		很、又、都、正、已經……
虛詞	介　詞		從、把、被、由於、關於……
	連　詞		和、跟、雖然、所以、或者、但是……
	助　詞	結構助詞	的、地
		時態助詞	了、著、過
		語氣助詞	嗎、吧、呢、啊
	嘆　詞		唉、嘿、嗨、喔

　　詞類劃分基本反映出每一個詞的語法功能，但是必須了解這種詞類的區別並非是一對一的關係，有時候一個詞可以兼有多個不同的詞性，例如：「鎖」可以是動詞，如：把門「鎖」上；也可以是名詞，如：一把「鎖」。同時在修辭手法上，也常有「轉品」的用法，如：「春風又綠江南岸」的「綠」原是形容詞，在此句子指吹拂，轉品為動詞。因此對於漢語詞類的掌握，絕不能僅是刻板的死記，而必須能夠靈活的運用。

2. 句子結構與成分

　　觀察句子的結構，可以有兩種不同的角度，一是句子的線性結構，也就是句子成分排列的先後次序；另一是句子的層次結構，即句子內部成分結合的緊密程度及語法、語意關係。就句子的內部成分來說，漢語的句子通常可以分析為：主語、謂語、述語、賓語、狀語、定語、補語等幾種不同的語法成分，這些語法成分之間並非都是屬於同一個結構層次，而是有高低層次不同的表現。

　　一個句子通常可以切分為「主語」和「謂語」兩個部分，如果從語意的角度分析，「主語」是被敘述、說明或描寫的對象，「謂語」則是敘述、說明或描寫的內容；「主語」所表示的往往是「誰」或

「什麼」，「謂語」則表達「怎麼樣」的概念，兩者之間有著被陳述與陳述的關係。[25]

「述語」則是「謂語」內部的主要成分，通常是由「動詞」所擔任。如果擔任述語的動詞是個及物動詞，那麼在述語後面往往會帶上一個「賓語」。從語意上說，「賓語」即是述語動詞表達之動作、行為所涉及的對象，或者說是動作的接收者。在結構上，「謂語」是相對於「主語」的語法成分，「述語」則是相對於「賓語」的語法成分，兩者所處句法結構的層次是不一樣的。[26]例如：

「狀語」是謂語的修飾成分，主要修飾的對象為謂語動詞或形容詞；「定語」則是主語或賓語的修飾成分，其修飾的對象主要是擔任主語或賓語的名詞。例如：「他仔細聆聽著美妙的歌聲」，「仔細」即為修飾謂語動詞「聆聽」的「狀語」，「美妙的」為修飾賓語名詞「歌聲」的「定語」。

「補語」是屬於謂語內部的語法成分，位於動詞或形容詞後面，作為補充說明的成分。例如：「他被我打倒了」動詞「打」之後接上補語「倒」，補充說明動作的結果；「這部電影我已經看了三遍了」動詞「看了」後面接上數量詞組「三遍」，補充說明動作的次數；「他從樓梯上走下來了」動詞「走」後面接上趨向補語「下來」，表達動作的方向等。

---

25 王錦慧、何淑貞：《華語教學語法》（臺北：文鶴出版有限公司，2010年），頁167。

26 李子瑄、曹逢甫：《漢語語言學》（臺北：正中書局，2009年），頁205。

3. 句子的類別

　　人與人之間的溝通，不管是口語對話或者是寫作文章，都是以句子作為其表達的基本單位。不同類型的句子，在表達功能上通常也存在著不同的差異。因此對於語句類型的基本掌握，也將有助於提升語言表達的精確度。

⑴ 按結構分類

　　漢語句子的分類，首先可以根據「結構」區分為「單句」與「複句」。「單句」又依主語是否出現，區分為「主謂句」及「非主謂句」。主謂句又依謂語的不同進一步區分為由動詞擔任謂語的「動詞謂語句」、由形容詞擔任謂語的「形容詞謂語句」、由體詞性詞語擔任謂語的「名詞謂語句」、以及由主謂詞組擔任謂語的「主謂謂語句」，詳見表二。「複句」則由兩個或兩個以上的單句組合而成，組成的單句又稱「分句」。各分句之間往往會加上一些關聯詞語，用以表達分句與分句之間的並列、承接、遞進、選擇、因果、假設、讓步……等語意或語法上的關係，並且根據分句之間的關係，可再進一步區分為語義表達不分主從、僅並列在一起的「聯合複句」，以及語義表達上有主從之分的「偏正複句」兩類，可參見表三。

表二　單句

句類	定義	次類	例句	特點
主謂句	完整包括主語和謂語兩部分	動詞謂語句	他們都回家了	用以敘述人的動作、行為或事件的發展
		形容詞謂語句	這件衣服很漂亮	用以描寫人或事物的性質或狀態
		名詞謂語句	今天星期二、一枝筆十元	用以說明時間、日期、數量、價格……等
		主謂謂語句	老李身體很健康	對人、事、物等加以說明、解釋或評論

句類	定義	次類	例句	特點
非主謂句	只有主語或謂語的句子	無主句	下雨了！打雷了！	非主謂句結構比較簡單，對語言習慣和具體語境的依賴性較強，因此通常出現在對話的語境當中，較少出現於書面語的使用。

表三　複句

複句類型		關聯詞語
聯合複句	並列複句	也，又，還，既……又／也……，又……又……，是……不是……，不是……而是……，一邊／一面……一邊／一面……
	承接複句	就，便，又，於是，然後，再，一……就……，首先……然後……
	遞進複句	而且，並且，還，更，甚至，不但……也／還／更……，不但……而且……
	選擇複句	或者，是……還是……，或者……或者……，要麼……要麼……，不是……就是……，與其……不如……
偏正複句	假設複句	要是／如果／假如……那麼／就……
	因果複句	由於，所以，因此，以致於，因為……所以……，之所以……是因為……，既然……就……
	轉折複句	卻，但是，可是，不過，雖然／儘管……但是／可是……
	條件複句	只要……就……，只有……才……，除非……才……，無論／不論／不管……都／也……
	讓步複句	即使／哪怕／就是……也／都……
	目的複句	為了，以免，省得，好

　⑵按功能分類

　　句子的分類，也可以根據人際溝通功能上的差異，區分為陳述事實的「陳述句」、表達情感的「感嘆句」、提出疑問的「疑問句」與表示命令、請求或禁止的「祈使句」等，如下表四：

表四

類別		功能	例句
陳述句		陳述一個事實	我看了一場表演。
感嘆句		表達一種強烈的感情	這部電影拍得太好了！ 這一篇文章寫得太棒了！
疑問句	是非問	要求聽者針對問題做出肯定或否定的回答	他在聽音樂嗎？
	特指問	針對某一方面提出問題，結構上帶有「誰」、「什麼」……等疑問詞的問句	你去哪裡了？ 你在吃什麼？
	選擇問	提供選項讓聽者做選擇的問句	你要先吃飯還是先喝湯？ 你要吃飯還是吃麵？
	反覆問	用肯定和否定重疊的方式提問，要求聽者針對肯定或否定的部分回答。又稱正反問句或A-not-A問句	你有沒有去過臺北？ 你吃不吃牛肉？
祈使句		說話者對聽話者提出某種要求，如商量、請求、命令、警告、禁止等	我們明天去看電影吧。 你給我出去！ 把煙熄掉！

(3) 特殊句式

　　除了從結構、功能替句子分類以外，漢語內部還有一些句子的結構是比較特殊或具有特殊標記的句式，[27]例如：把字句、被字句、存現句……等等。這些具有個別特徵的句式，在表達上也各有其不同的限制與功用。像是由介詞「把」所構成的介詞詞組擔任狀語的「把字句」，所表達的往往是施事者對受事者作了怎樣的處置和影響，其內容通常與目的或結果的意義相關。如：「老李故意把你的飲料喝光了」，語義顯示施事者（老李）對受事者（你的飲料）的處置（喝光了）。而由介詞「被」構成的介詞詞組作為狀語的「被字句」，則通常用以表示受事者受到某一動作、行為的影響而產生不如意的遭遇，如：「我被他罵了一頓」顯示受事者「我」不好的

27　鄭榮、曹逢甫：《華語句法新論（下）》（臺北：正中書局，2012年），頁14。

遭遇。這類句式一般不會使用在表達積極、正面語義的概念上，像是不會說「小明被頒發了一張獎狀」或「他被老師讚美了一番」等，並且與「把字句」相比，「被字句」也不會有「祈使句」的用法，比如可以說「把書拿過來！」但不會有「被我打倒！（命令或請求語氣）」的說法。

「存現句」也是漢語特有的句式之一，形式上是把表示地點的處所詞或時間詞語放在句首，通常可以用來表示某一個地點存在、出現，或消失了某些人、事、物。[28]例如：「門口停著一輛高級跑車」、「天邊出現了一道彩虹」等。在語言表達或創作上，這類句式特別適合用來對時間、空間的背景進行描述。如羅常培《蜀道難》：

> 出洪椿坪往下走，經過三道橋，二道橋，和萬義橋，就到黑龍江，**江兩旁的夾峪是棲霞灰岩構成的**，峭壁對立，相距不過一丈多，卻有一百多尺高。**上面遮著濃蔭蔽日的蒼藤，下面流著瑩澈見底的碧水**，連一塊小石頭兒一條小魚兒都藏不了，亂石橫七豎八，大大小小的堆在江心，急湍沖著它便激成了險灘。[29]

語言系統的運作有著一定的規律，而「語法」就是語言規律的具體反映，不管是使用語言進行交談，或是文學創作，如果能夠對於語法概念或各類句式的性質有著基礎的認識與掌握，就能避免不適當、不合語法的表達。

二、漢字系統

「語言」是人與人溝通的主要媒介，然而「語言」本身卻有其時間與

---

28 李子瑄、曹逢甫：《漢語語言學》（臺北：正中書局，2009年），頁228。
29 羅常培：《蒼洱之間》（合肥：黃山書社，2009年），頁44。

空間上的限制，距離遠了，就無法面對面的交談，時間長了，也難以保留對話。因而產生了用以記錄語言的文字符號系統。

　　世界上各個國家所使用的文字體系雖然有很多，但是歸納起來，大體可以區分為「音系文字」與「形系文字」兩種基本的類型。「音系文字」的特點在於文字形體與語音緊密結合，因此從字母拼合的字形可直接讀出所記錄語言的語音，但卻無法直接從字形中得知所記錄語詞的意義；「形系文字」的特點則在於文字形體與所表達詞語的概念結合緊密，因而從字形上可得知所記錄詞語的意義，但對於語音上的訊息，卻無法從字形上得知。[30]前者如英語跟日語，所使用的文字體系即是屬於「音系文字」，如面對一個英語詞「accommodation」或日文「おかし」時，雖無法直接得知其所表達的詞義為何，但只要認識英文的26個字母或記得日文五十音圖的字母，大致上就能讀出這兩個詞的讀音。後者如古埃及的象形文字或漢字的文字系統，都是屬於「形系文字」，因此面對一個金文形體「」時，雖無法得知其讀音為何，但仍可理解該字形所表達的意思與動物相關，甚至可直接指明即是今日「大象」的概念。

　　由於漢字體系屬於「形系文字」的典型代表，因而具有表意功能突出的特點。而隨著文字系統的發展與演變，在漢字體系的擴充上，也逐步增加了表音的功能，使得這套文字系統能夠完整的記錄我們所使用的語言，並進而影響我們生活的各個層面，包含閱讀、書寫、表達，甚至是思維模式等。因此對於語言的表達而言，除了掌握漢語的結構與特質之外，對漢字的內涵與性質也應有一基礎的認識。

㈠六書

　　就漢字體系而言，從漢代劉歆以來，傳統學術都是以「六書」理論概括漢字結構的類型，而「六書」即指象形、指事、會意、形聲、轉注跟假借等。其中象形字的造字原則，乃是利用點、線等線條描摹出具體事物的外觀、輪廓，例如看到「日」、「月」、「山」、

「水」等，即分別用點畫或線條畫出太陽、月亮、山脈、河水等形狀。正如許慎〈說文解字敘〉所云：「仰則觀象於天，俯則觀法於地，視鳥獸之文，與地之宜，近取諸身，遠取諸物……黃帝之史倉頡，見鳥獸蹏迒之跡，知分理之可相別異也，初造書契。」象形字是人類在面對周遭生活事物時，最直接的視覺體認。

　　指事字的特點，則是利用符號來表達事理的概念。由於事理是沒有具體之形，因此往往利用虛擬的符號，或是以既有的象形字為基礎，再加上簡單的符號來表明抽象的事理，例如用「上」指明某一物品在一平面之上，用「下」表示某一物品在一平面之下。又如用「刃」字是在「刀」字的基礎上，用「、」符號來指明刀刃鋒利的部位。

　　會意字是組合兩個或兩個以上已經造出來的文字形體（初文）；或會合兩個初文的寓意，用以表達新造字的概念。如「止＋戈」為「武」，「人＋言」為「信」。前者認為停止操戈、停止戰爭才是真正的勇武，後者以為人要實踐所說的承諾，才是所謂的誠信。又如「戒」字組合「戈」與「廾」，表示象兩手持戈（武器）警戒的意思。

　　形聲字是利用「形符」與「聲符」兩者配合而成的合體字，形符用以表義，聲符用以表音。而從字形結構的角度分析，它又可區分為左形右聲，如：松、柏、河；右形左聲，如：雅、鳩、雌；上形下聲，如：琵、琶、草；上聲下形，如：婆、娑；外形內聲，如：園、國、圍；內形外聲，如：衡、聞等不同的結構。而不論是哪一類型的結構，大體都表現出漢字「方塊字形」的特色，也就是上下、左右、內外之間的對稱結構。

　　假借字的原理，是在語言系統之中已存在某一詞語的使用，但在文字系統裡並沒有用來指稱此一詞語的文字，於是借用一個與之同音的字形來指代此一語言中的詞語。這種類型的漢字，基本上是運用諧音的原理而出現的。例如：借用兩人相背之形的「北」去表達語言中的方位詞「北」；借用表畚箕之形的「其」字去記錄語言中的虛詞

「其」等。

　　至於轉注的概念，由於許慎的定義太過簡略，導致各家說法分歧，在此無法一一加以說明。大體上，主要的說法是認為「轉注」乃是就字與字之間的關聯而言，而非一種個別字體的造字法則。

　　根據六書理論的系統進行歸納，漢字體系所創造出來的的字體結構，基本上只有「象形、指事、會意、形聲」四大類，其中象形、指事與會意都是透過簡單的線條或符號表達具體事物或抽象概念的意義，屬於表意字的範疇。形聲字一邊為形符，可顯示事物的類別、屬性，一邊為聲符，用以記錄語言詞彙的聲音，它同時可傳達出事物的類別形象與聲音形象。假借字的使用，則藉由聲音的連結，運用已創造出的文字形體，來記錄語言中已經存在的詞彙，在聲音形象的表現上特別靈活而突出。

㈡漢字的特徵與表達

　　文字是記錄語言的工具，二者分別屬於視覺與聽覺的符號系統，雖然傳達訊息的方式與性質不同，但卻有著緊密的關聯。如果從增進語言表達能力的角度來思考，大體上可以分成二個部分來談：一是如何避免犯錯，二是利用漢字的特性遣詞造句。

　　首先就避免犯錯而言，在書面語的表達上，行文時不管句子寫得多麼優美，詞藻多麼華麗，一旦出現錯字，總是會影響讀者閱讀作品的流暢性，甚至是產生誤解。試想如果把「好狠的心」寫成「好狠的心」，雖只有一筆之差，但在語意表達上卻是令人感到摸不著頭緒。因此，運用文字記錄語言時，避免寫錯字應是最基本的要求。

　　而在漢字的書寫上，錯字的產生通常有兩種主要的情形，一是音近而訛，也就是因為讀音相同或相近而誤用。例如：「再一次」的「再」與「在那裡」的「在」之間的誤用。另一是形近而訛，即因為字形相近而產生錯誤。例如：把「贍養費」寫成「瞻養費」，把「滄海一粟」寫成「滄海一栗」等，即是基於字形相近的原因而發生的錯誤。要避免犯這類書寫上的誤謬，除了平常多讀、多寫、多練習以

外，如能從漢字構形的概念去理解漢字，也會有所幫助。例如「瞻」與「贍」兩字，一個偏旁從「目」，故在意思上是與「看」的動作相關；另一個偏旁從「貝」，「貝」在古代曾被當作交易的貨幣，因此可以引申出有金錢、物資上的「供給」義，故「贍養費」必須寫「贍」，「瞻望」必須寫「瞻」。

在利用漢字特性遣詞造句的部分，則可著眼於漢字字形結構的特色。例如漢字形體表意的特徵，即可用以摹擬事物的形態。[31]如：以「八字眉」形容人的面相，或以「大字形」描述人的臥姿等。又如漢字結構通常由若干部分組合而成，因而產生「析字格」的修辭手法，如用「水昆兄」諷刺他人，或用「色字頭上一把刀」勸誡他人等。此外，漢字還具有方塊字、單音節的特點，加以利用，往往亦可創造出如對聯：「客上天然居，居然天上客」這種迴文詩的佳辭妙句。

修辭法中的「雙關格」，也和假借字「依聲託事」的諧音原則相關。如唐代劉禹錫的〈竹枝詞〉：「東邊日出西邊雨，道是無晴還有晴。」「晴」與「情」諧音而相通，一語雙關。這種方法，也是現代廣告文案常見的手法之一，例如知名商標品牌「今生金飾」，即是利用「諧音」原則所設計。

上述書面語的表達或文學的創作，往往在文字敘述的過程中發揮作者個人的巧思與創意。這種巧妙的構思或行文，如果對漢字的本質沒有較為深入的理解與認知，那麼即便有再多的想法，也無法清楚的表述出來。因此，對漢字體系的基本認知也是語言表達必要而且充要的條件之一。

三、延伸閱讀

史迪芬・平克著、洪蘭譯：《語言本能》，臺北：商業周刊出版，1998年。

布龍菲爾德著、袁家驊、趙世開、甘世福譯：《語言論》，北京：商務印

31　劉蘭英、吳家珍：《漢語表達》（南寧：廣西教育出版社，2001年），頁101。

書館，1997年。

竺家寧：《中國的語言和文字》，臺北：臺灣書店，1998年。

竺家寧：《語言風格與文學韻律》，臺北：五南圖書出版公司，2001年（2005年）。

湯廷池：《漢語詞法句法續集》，臺北：學生書局，1989年。

費爾迪南・德・索緒爾著、高名凱譯：《普通語言學教程》，北京：商務印書館，1996年。

黃宣範譯：《語言學新引（第七版）》，臺北：文鶴出版社，2005年。

愛德華・薩丕爾著、陸卓元譯：《語言論》，北京：商務印書館，1997年。

四、練習單元

1. 請利用部首檢索的方式，查尋「萬」字在字典裡所歸屬的部首為何？並就漢字體系的特點，解釋「萬」字部首歸部的情形。

2. 漢語複合詞可分為「主謂式」、「動賓式」、「動補式」、「偏正式」與「並列式」五種，請就每個類別分別舉出10個例子。

3. 請利用「存現句」的句式描述你的房間或某一場景。

4. 漢語是否為單音節語言？試述你的想法及理由。

5. 漢語語法中哪些詞跟哪些詞能夠結合在一起，有一定的搭配關係，這種關係稱為「共存限制」。請你從報章雜誌或網路新聞裡找出5個不符合共存限制規律的例子，並解釋其不符規律的原因。

第二章
寫作與構思原理

林黛嫚

導言

　　小說家、文化評論家楊照小學四年級看《作文範本大全》學寫演講稿，他從那本作文大全中學習到如何寫「對的作文」。就是拿到作文題目，先想要如何和反共復國扯上關係，先將語氣激昂的「愛國報國」結語想好了，然後再以結語回頭推想前面該如何鋪陳。舉例來說，如果寫〈遠足記〉，不必費心想前幾天的遠足究竟發生了什麼事，專注先找遠足和「報國」的關聯，然後想到「報國要有遠大志向，馬上接著聯想遠足去了白雞山，從山頂可以眺望遠方，那就既可以強調「登山強化我們的心志」，又可以「描述遠望時刺激出對大陸山河的懷念」，一篇「對的作文」很快就寫出來了。[1]

　　楊照寫這段文字的用意，在於說明自己學習寫作的開始是學會寫「對的作文」，會寫對的作文應該是很有用的，幫助他在歷次的升學考試中拿到高分，順利進入自己想要就讀的學校。當然，他忽然懂了，有一天，再也不想寫這樣的作文，「我才明白這世界上還存在著另一種充滿趣味與挑戰的寫作——為自己，為表達自己所思所感而寫[2]」。

　　有一次我請一位國中基測和大學學測作文都拿高分的學生，寫下國文老師傳授的作文拿高分祕訣，他條列了一些：

　　　1.作文要高分就是至少要超過五百字，分段也是要的，第

---

[1]　楊照、馬家輝、胡洪俠：《忽然，懂了》（臺北：遠流出版，2012年），頁203。
[2]　同上註。

一段最好不要多於三行且每段的行數不能差太多。

2. 記得要起承轉合，隨時引用優美詞句，最好是從課本的古文四十篇中出來的句子更好。

3. 凡有論點必須舉例，在第二段舉正例，第三段再舉反例，更有突顯主題的效果，善用時事或歷史，否則就要寫出親身動人肺腑的小例子；別忘了要時時扣題。

4. 首尾呼應會有強調的感覺，想不到要寫什麼就把作文題目再照樣造句一次就對了。可以使用排比，引用偉人的名言佳句會更有力。

最後還加上一句，「雖然老師沒有強調，但是字寫得好看是必要的，字體也不能太小」。

看了以上的作文拿高分教戰對策，我目瞪口呆，原來我在學測、指考及國家考試的閱卷中看到的作文，都是這樣被訓練出來的、在一個公式化的寫作模式中像填充題一樣被填鴨出來的，而所謂的寫作表達個人所思所感，所謂文學的獨特性就在這樣的公式中被消滅了。

寫作是一個創造的藝術，只給一個題目，我們就要將人、事、情、意、景、物結合，完成以後會讓閱讀者產生共鳴、感通，進而使你的個人情意變成社會大眾的共同經驗。說起來容易，做起來才發現有多麼困難，尤其在寫作和考試劃上等號後，作文教學漸漸往制式、八股的訓練方法發展，即使讓學子在大考中得到高分，卻不能保證他們已經掌握了寫作的藝術。

本章將從「為什麼要寫作」出發，含括寫作要把握的技巧有哪些？如何構思、取材？讓寫作變有趣的策略有哪些？寫作常遇到的問題要如何解決？

一、為什麼要寫作？

小說家白先勇《在島嶼寫作》的紀錄片《姹紫嫣紅開遍》，一開頭

的畫面是白先勇說出他為什麼要寫作？那是法國《解放報》記者訪問時問的問題，白先勇回答說：「我寫作是因為我希望用文字，將人類心中最無言的痛楚表達出來！」英國小說家喬治歐威爾在1947年寫的一篇文章〈我為何寫作？〉，主要是回顧他寫作的經驗與歷程，文章中他提出四個寫作的動機，除了謀生吃飯之外，還有：完全的自我中心、熱衷於美的事物、基於歷史的使命、及政治性目的這四個原因。幾乎每一位作家在開始寫作時，甚至在寫作的每一個階段，都會不斷地自省，「我為何寫作？」因為寫作的理由是寫作這件事開始及完成的重要關鍵。我寫過一篇短文，簡單詮釋了寫作的理由，包括多位作家及我自己的寫作的理由，全文如下：

《寫作的理由》

我為何寫作？或許這是每一個寫作的人都得自問自答的問題。

早在一九七○年代就以早慧之姿在文壇綻放異采，停筆四十年後又開始寫作的王定國，並且一舉拿下聯合報文學大獎；同樣崛起於一九七○年代後期的蕭颯，擅長書寫青少年及女性議題，早期成名作〈我兒漢生〉等皆改編成電影而名噪一時，她在一九九五年完成〈皆大歡喜〉後，即從文壇銷聲匿跡。近日這兩位封筆多年的作家不約而同交出了新作品，既然在走過人生的種種可能之後，仍然回到寫作的道路，他們當然知道自己寫作的理由。

我為何寫作？英國小說家、寫出名著《一九八四》的喬治歐威爾，說出自己為什麼寫作的四個理由，除了謀生吃飯之外，還有：完全的自我中心、熱衷於美的事物、基於歷史的使命、及政治性目的這四個原因，雖然前三個動機遠超過第四個，但他所處的背景，及日後的經歷，使他理解工人階層的存在，也使他對權威的痛恨加劇，進而讓他的寫作逐漸形成了第四種動機。這篇〈我為什麼寫作？〉迄今仍是文青們奉為圭臬的經典。

副刊的作者為什麼要寫作？稿費一定是最重要的因素，第一代

渡海來臺女作家中，潘人木和孟瑤都曾坦承寫作投稿是不錯的副業，稿費可以貼補家用，既實惠又有精神寄託；王鼎鈞隨軍隊來臺後，無依無靠的他曾睡過公園、車站，後來給《中央日報副刊》寫稿，稿費一千字才十元，但一塊錢可以買饅頭、稀飯打發一餐的年代，十幾元可以過一星期；就連相較於這些前輩年輕許多的陳玉慧都說：「我為何寫作？那時我覺得寫稿有稿費，滿好的。」

我的第一篇小說寫於十八歲師專三年級那年的暑假，為消磨漫長假期，便從圖書館借了厚重的《紅樓夢》返回老家。之前也許看過兒童版、少年版的《紅樓夢》，也不是為了國學研究純粹是當小說來看，假期的前端一口氣看完，放下磚頭重的原典，突然萌生創作的念頭。《紅樓夢》對我創作的影響，也許有文字與結構等等的啟蒙，但更重要的是在激發我的寫作欲望，當時心想曹雪芹的故事寫得真好看，我也要說自己的故事。因此寫下我的第一篇小說，那篇描述老人與少女似有若無情愫的小說〈暮〉完成之後，投寄到中部的報紙《臺灣日報副刊》。暑假還沒過完，小說就登出來了，六千字的小說一天發完。當我拿到那對學生來說算是天文數字的稿費時，我心想，原來我可以靠寫作維生。

只不過，到了像王定國、蕭颯不需要為稿費寫作的時候，驅使他們仍然持續創作的動力，應該是那一份初心吧。

為什麼要寫作？副刊主編不需要解決這個問題，每一位投稿副刊的作者，都知道自己為什麼要寫作，但文學課的老師需要，他需要告訴學習者，你為什麼要寫作？希望擺脫這些為了好玩、交作業、打發時間、賺稿費的寫作的理由，他們會記得，當初開始寫作的初心。[3]

　　為什麼寫作？固然每一位寫作者都有不同的理由，但統整起來都有最基本的理由，那就是溝通，作家溝通的對象也許是普通讀者，如白先勇所

3　林黛嫚：〈寫作的理由〉，《人間福報・副刊》，2015年10月01日，第15版。

說的傳達無言的痛楚給全人類；孩子寫信給父母，或父母寫信給孩子，都是家人之間傳達親情的一種方式；學生寫作業是為了跟老師溝通，讓老師了解自己的學習成果……問過自己為什麼寫作之後，接著掌握構思原理及取材策略，才能夠成功完成屬於你的寫作的理由。

二、構思原理與取材策略

白話文運動的改革大將胡適說：「一切語言文字的作用在於達意表情；達意達得妙，表情表得好，便是文學。」（〈建設的革命文學論〉），這句話簡單明瞭，也言之成理，但是如何才是／才能達意達得妙、表情表得好，那就不是三言兩語可以說清楚的。

(一)寫作情境的判斷

傳播學中的六何分析法（5W一H）經常被用來教導新聞寫作，所謂「六何」，who（誰）、when（時）、where（地）、what（事）、why（為何）、How（如何），用在寫作教學上串連起來說明，就是在文章中清楚交代：誰—— 在什麼時間、什麼地點、發生了什麼事情，為什麼會發生這件事情，以及事情是如何進行的，這「六何」便是新聞事件中的重要事項，而必須在新聞寫作中完整傳達的；林保淳在《創意與非創意表達》第二章〈表達基本原理〉中深化六何法，而提出「八何說」，他認為一篇作品的完成，牽涉到五個重要環節，作者、文字媒介、作品、讀者與環境。

進一步說明，作者是文章創作的主體，實際主導著一篇作品的完成；文字媒介是創作主體所運用的文學工具；作品則指主體所完成的具體成果；讀者是已完成作品的欣賞、閱讀與批評、詮釋者；環境則指特定的時間與空間。這五個環節相互依存、相互影響，只要能把握這幾個環節的重點，可說就掌握了寫作原理，跨出了寫作的第一步。

八何說[4]：

4　參閱淡江大學〈中國語文能力表達〉研究室編：《創意與非創意表達》，臺北：里仁書局，1988年8月增訂二版，頁45-66。

WHO——自己寫文章，寫自己的文章

WHY——為什麼要寫文章

WHOM——寫給什麼人看

WHICH——用什麼體裁來寫

WHAT——寫些什麼

WHERE——寫作的空間

WHEN——寫作的時間

HOW——如何寫文章

這是「八何說」的標題，至於內容的重點，略述如下：

每個人都有自己的樣貌、自己的心靈，藉由文章表情達意，自然也會產生不同風格的作品，文學之所以多彩多姿、各領風騷，正是源於此點，所以想寫出一篇通順文章的人，首先必須掌握的觀念便是：（WHO）是你在寫文章，不是別人，而你是一個不同於別人的主體，因此，必須寫你自己的文章！網路時代的學生，很習慣在網路上下載、拼貼，寫一篇作文往往東抄一句，西截一段，弄得每一篇作文結構紊亂，內容大同小異，讓閱讀者完全感受不到作者個人的氣息，還不如放棄搜尋，尊重自己腦海中的原始靈感，老老實實寫一篇自己的文章，反而會呈現獨特的面貌！

「為什麼寫作」（WHY）在上一節已經討論過；至於「寫給什麼人看」（WHOM）則是在寫作時能意識到讀者是誰，關於這一點，在文學往往希冀得到讀者共鳴的前提下，知道文章為誰而寫，便是很重要的一環。不過，「寫給什麼人看」並不是要你放棄個人風格，討好讀者，而是在作者與讀者間求得平衡，既能符合創作者的主體性，又不至於忽略了讀者的需求。

什麼樣的內容，選擇什麼樣的表現形式，這就是「用什麼體裁來寫」（WHICH），當你想抒發一時微妙的情緒時，也許新詩可以謳歌出你的喜怒哀樂；當你想說一個情節複雜、人物眾多的故事時，小說或許是適合的體裁……你在電腦前要開始寫作時，首先要考慮的便是，你要寫什麼體裁的文章？確定了範疇，就必須遵守那種體裁的規

範，小說要像小說、散文要像散文，論述說理的論說文，就要減少抒發心情的美文，以免削弱文章氣勢。當然，熟習之後，若能出入於各種寫作的形式，自然也能創造出屬於自己的特殊文體。

要寫些什麼？（WHAT）這個問題是最基本也最難回答的，必須結合為什麼寫作、寫作是什麼、如何寫作（HOW），同時和每個人的習性相關，才能整理出一個具體的內容，我們在下一節再進一步詳述。總之，「作品是一種世界，在大地與天空之間展開」，只要你想表現、敢表現，此時的大地與天空，已經是作家作品裡的大地與天空了。

最後要談寫作的時間（WHEN）與空間（WHERE），時間和空間對作者的意義，不過是時機和場合，即「什麼時間在什麼地點寫作」。雖然也可進一步衍伸為「是什麼時代的人，說什麼時代的話」的創作原則，不過在資訊發達，網路世界無遠弗屆的廿一世紀，何時何地已經無法規範作者了，不管是具象的形體或是抽象的心靈，都是可以出入古今、超越時空的。

因此新版的《中國語文能力表達 —— 寫作表達》[5]第二章中普義南把「八何說」簡化為「四何說」，即刪去WHERE（寫作的空間）、WHEN（寫作的時間）和WHO（自己寫文章），合併WHICH（用什麼體裁）和HOW（如何寫文章），留下來的「四何」是：動機（WHY）、讀者（WHOM）、內容（WHAT）和方式（HOW）。這四者並非平行關係，而是有主從次序：動機→讀者→內容→方式，意即我要選擇什麼體裁來寫，用什麼方式來寫，跟寫作的動機、讀者、內容是息息相關的，寫作這件事進行的步驟應該是先考量寫作動機（WHY）→明白讀者的解讀能力與需求（WHOM）→分析目的、受眾進而建構有效的寫作內容（WHAT）→運用最便捷、效益強的方式來陳述（HOW）。

5 參閱淡江大學中文系編輯委員會主編：《中國語文能力表達 —— 寫作表達》，臺北：五南書局，2015年9月二版一刷，頁29-32。

　　譬如現在大學生在求學過程中可能會需要撰寫「寫作計畫書」，也許是為了報考研究所，提出自己的寫作計畫，作為入學後研究或創作的方向；也許是對文學有興趣，想向文化公部門舉辦的年金活動展現自己的寫作動能，以爭取獲得一筆寫作年金，那麼以「寫作計畫書」為例：

　　動機（WHY）：展現寫作的可能

　　讀者（WHOM）：評審或教授

　　內容（WHAT）：就一個命題解釋將如何發展與完成

　　方式（HOW）：完整、周延又具有創意

　　閱讀你的「寫作計畫書」的讀者都是對文學作品非常熟悉的人，所以你的計畫要表現得非常專業，而且正因為這些讀者大多是年長的學者，你的計畫更要具有創意，並且展現年輕人的活力，才能看出這個計畫的可能性。也就是說「寫作計畫書」最重要的是架構一個美麗的藍圖，讓專業讀者發揮想像力，把沒有完成的部分想像出來。分析讀者的特質，才能選定最有效率的表達方式，這也是寫作的一個重點。

㈡擬定寫作主題

　　透過「四何說」對寫作情境有所認識後，選定體裁動筆前，要先為你的文章找一顆心。

　　王鼎鈞和學生談作文時，用了一個譬喻，他要學生找一根細繩子，繩子的一頭拴上一個鐵環，另一頭拿在手裡，一面把鐵環拋出去，一面把繩子拉緊了，鐵環就會在空中飛著畫圈圈。學生聽了高興地搶著回答：「我知道，那是離心力和向心力」。但是，這跟作文有關係嗎？

　　　作文構思的時候，一方面要抓緊題目，一方面要能向四面八方延伸，題目，就是「心」，文章構思就是在向心力和離心力之間取得平衡。只有離心力固然不行，只有向心力也是玩

　　兒不轉的。你手裡那根繩子的長度，也就是文章的長度，寫長文章，題目多向前延伸一些，圓周大一些；寫短文章，題目少延伸一些，圓周小一些。[6]

　　前頭已經提過，寫作的目的就是要表情達意，那麼什麼是情意呢，就是「情感思想的合稱」，也就是「心」。文章的心，或說「核心」，或說「圓心」，說的就是寫作的主題。

　　主題，或稱為「立意」，立定文章的意旨，有了主題，一切形式結構和語言文字，都要以此為焦點。譬如你要進行採訪報導，先要想好訪問主題，才能依照主題去草擬訪問題綱；你要寫求職自傳，也要先想好自己想應徵什麼工作，所有個人背景與經歷，也都環繞著該項工作的特色去發揮；你要寫研究論文，也要想好這論文要解決的學術疑難是什麼，所以注意立定文章的意旨，先想好你在這篇文章中要表達的核心內容，接著才選擇寫作材料，研究結構章法，以及留意語言修辭，才能完成一篇優美的作品。

　　立定宗旨，如同胸有成竹，有了主題，也才能規範文筆的行進路徑，不至於岔開路線，橫生枝節。

　　了解立意的重要性之後，接著就要問，那麼主題如何立定？主題從何而來，如同「四何說」中的內容（WHAT），都是很難回答的問題，寫作有原理，但寫些什麼卻是無法以原理、公式來說明，寫作的表情達意都是表自己的情、達自己的意，這個「自己」是從成長背景、生活經驗、情緒、讀書、思考、個性……加以年歲的鍛鍊而形成的，而主題就是要從這麼獨特的狀況中提取出來。因此，只能藉由增進生活和感受生活的各種能力，去充實腦中圖書館的各種主題。

　　本章開場時提到楊照背《作文大全》來寫作文獲得高分，但是大部分的作文範本的寫法都有固定公式，如果是記敘文或抒情文，開頭一定是「光陰似箭，歲月如梭，不知不覺……」，如果是論說文，

6　王鼎鈞：《作文十九問》，臺北：爾雅出版社，2007年1月，頁45。

開頭先引「國父說」、「總統說」或是「比爾蓋茲說」，用偉人的名言開場，結局則來上一段慷慨激昂要堅定志向、貢獻社會、報效國家等口號式的文句，這樣的寫法流於形式，缺乏想像力，又沒有個人色彩，充其量只是範本的樣板而已。

　　平凡、簡單甚至有點俗氣的主題，只要用個人的經驗，獨特的觀察視角，展現自己的立意原則，也可以有不平凡的表現，我在《語文小教室》的短文中，有兩篇關於主題和題目的討論，錄在下面：

之一：俗氣的題目，不凡的寫法

　　我們開始會用文字來記錄生活、抒發感想，一定是從「我」出發，然後是圍繞著「我」的「我們」，這些「我們」就是爸爸、媽媽、兄弟姐妹還有同學、師友等，以自己最親近的人為題材，很容易就會寫得太私我，意思是那些情節和感受只有少數相關的人理解，讀者看了會覺得太瑣碎，甚至覺得無聊，因此越是個人化的題材，我們越是要把焦點集中在共同的經驗中。

　　吳晟的一篇散文〈遺物〉就是一個很好的例子，他的父親在他求學階段就過世了，但是在文章裡沒有一些什麼「子欲養而親不待」之類老套的話，而是透過母親把父親遺相收到抽屜的作法，清楚表達出「真正會想念的，不必看到相片也想念；不認得的，只看相片也無用」這樣發人深省的話。

　　吳晟從父親的遺物出發，一件一件來告訴讀者他和父親之間生活的點點滴滴，雖然沒有直接說他多麼想念父親，但每一字，每一句，都有父子間令人感動的深情，寫最普通、無聊的題目，卻可以有這樣不俗氣的表現，讀過吳晟的〈遺物〉，你也可以開始寫你的「我的家庭」、「父親」、「母親」等等……

之二：給簡單題目一個深度的詮釋

上一篇〈俗氣的題目，不凡的寫法〉中，談到我們從小寫作文經常會碰到的題目，像是〈我的家庭〉、〈我的父親〉、甚至就是簡單的一個〈我〉，這種很原始的題目還包括〈我的志願〉，也許是老師對孩子們長大後要做什麼總是十分好奇，常常要透過這個作文題目來了解吧，但是這個平凡無奇，或者說寫過太多次而厭煩了的題目，如何能夠寫出不一樣的內容，吸引說不定也看煩了這類題目的讀者願意去閱讀呢？

我寫過一篇〈我的志願〉的小短文，在文章裡我問那還在讀幼稚園的小兒子長大以後要做什麼？「志願」這個問題可以理解為一個人的人生志趣，像是設計一座金字塔，寫一部交響樂奏鳴曲，或是發明樂高玩具，甚至只是用陶笛吹奏簡單曲子這樣的事，但大部分人想得到的回答都是將來想要從事哪一個職業。五、六歲的小孩就會知道自己的志願嗎？或者這個時候立下的志願就會是未來的人生嗎？其實不然，我也知道，仍然這樣問是因為「志願不是人生的理想，而是尋求生活方式的一個過程和手段」，我只是希望孩子知道尋找人生方向的重要性。

簡單的一個題目——〈我的志願〉，也可以寫出豐富的內容，從一般人都認同的社會價值——女生當老師，男生當醫師或律師，談到社會學者的期待「人的一生所有作為的意義，在於對於其他的人，是否也能產生對等的意義」，我給了〈志願〉這個平凡的題目一個不一樣的詮釋，只要把個人對志願的認識加以闡釋，並加入個人經驗，即使是普通的題目，也可以寫得具有可讀性喔。

㈢蒐集寫作材料

主婦要烹飪前，會先去採買食物，才有米有菜下鍋，寫作的人要開始寫作，也要有材料可寫，選取適合用來表現主題的事物和觀念，

　　這就是選材。但是寫作不能如廚師要做菜前，才到市場選購適合的食材，寫作必須平日就儲備許多材料，就像腦子裡有一座圖書館，平日看過的書擺著，要用時再拿出來用，所以透過不斷的閱讀、觀察、思辨，累積腦中圖書館的容量，才不會「書到用時方恨少」。

　　平時儲備的材料越多越豐實，臨筆構思時就越有信心，劉勰《文心雕龍‧神思篇》說：「積學以儲寶，酌理以富才，研閱以窮照，馴致以懌辭。」積學（充實學識）、酌理（斟酌情理）、研閱（研究觀察）這三種功夫，正是「馴致以懌辭」寫出好文章必備的基本功。

　　多讀，多想，多觀察，多體會，這是古人教我們寫好文章儲備材料的方法，雖是老生常談，卻也是古今不能顛破的道理。

　　從前古人學習寫詩作文，有許多工具書和前人的優秀篇章可以作為選取材料的參考，現代人網路資訊發達，滑鼠一按，搜尋一下，幾百萬幾千萬筆資料任你選擇，於是以為材料的選取和蒐集的功夫太容易了，其實這是錯誤的觀念。唯有平時多讀多看多想、學識有根基、體會夠深刻、觀察細密而周延，這些成千上萬的材料才能為你所用，否則面對茫茫字海，仍然不知如何辨別取捨。

　　吳宏一在《作文課十五講》中提到材料的蒐集和選擇，有「四要」和「五要」的說法，所謂「四要」是：一、要能掌握正確的資料；二、要能切合現實生活的環境；三、要能反映客觀事物的真相；四、要能表達自己真實的情感。

　　「五要」則是：蒐集資料要周全、選擇材料要精審、應用材料要恰當、排比材料要勻稱、運用材料要巧妙[7]。

　　周全、精審、恰當、勻稱、巧妙，正是蒐集與應用材料的不二法門。

　　材料的儲備當然越多越好，所謂發揮「上窮碧落下黃泉，動手動腳找東西」鍥而不捨的功夫，不錯用任何可以運用的材料，也不侷限於只讀學校課程教材，甚至只跟國語文相關的內容，而是不論文學、

7　吳宏一：《作文課十五講》，臺北：遠流，2011年9月，頁79-80。

歷史、藝術、宗教，乃至自然科學等等的範圍，都應該廣泛涉獵。古代詩文固然要讀，現代作家的作品也要讀，正是「不薄今人愛古人」。讀書之餘，身邊正在發生的事，社會事件、國內國際大事，都應該勻出心思關心，如此才可以應付各種不同方式的命題。

　　當然，現代人很忙，現在的學生也很忙，要做的事情很多，哪能多讀多看多觀察多關心！確實，在有限的時間中，如何能應付這麼多事，只能說，在時間允許的範圍內，盡力而為，然後運用在寫作上的訣竅是，把讀書所得，和你現實中的親身經驗結合起來，如此古人今人的智慧，才能為你所用，而你寫出來的文章，也會有真實和動人的力量。

　　舉例來說，你搭乘捷運或公車時，別只是低頭滑手機，抬頭看看車廂內的廣告，那些宣傳文案也許可能成為寫作時激發靈感的文句。我有一次看到車廂中「公車捷運詩文徵選」的一篇得獎作品，內容大意是：一位國中女生某天搭乘末班公車回家，最後一站下車時，只剩下她孤身一人，走在暗路上，正懷著緊張心情時，那位收班的公車司機竟然開車過來，好心地送她回家。這篇短文能得獎，固然是因為文字流暢，以及公車司機的愛心令人稱道，同時寫出了我們社會中的溫暖人情，宗旨及內容都符合「公車捷運詩文」的徵文條件，所以得獎了。但是，這篇文章選取的材料卻值得商榷，你想想，公車司機自行開公車送一個落單的女學生回家，合情合理嗎？

　　可見，材料很多，卻更需要妥善揀選的功夫，恰當、勻稱、巧妙的材料，和你的寫作的主題和寫作的成果，都有密切關係。

　　除了外在客觀材料的蒐集，另一個步驟是，在有限的材料中運用想像，讓材料發揮作用。

　　想像，是一種創造的思維活動，對寫作來說，則是一個構思的過程。文章的材料需要透過想像把這些材料連結起來，從前的人以為想像是藝術家胡思亂想的結果，沒有什麼討論價值。近代以來，才有科學家開始研究，認為通過想像，才有可能創造新的形象或新的觀念。脫離樹枝的蘋果為什麼會下落？牛頓的想像讓他開始科學研究，終究

有了影響科學發展的重大發現。

　　不過，想像是一個抽象的概念，想出不在眼前的具體形象或情景；而聯想則是從具體的人事物而想起其他相關的人事物，文章中的聯想和想像都是由事物引發的，都是作者思考活動的結果。

　　寫作需要想像，如果生活中並沒有太多豐富經驗可以憑空想像，那麼就可以藉由聯想來幫助寫作。

　　朱光潛說：

> 聯想是一種最普通的作用，通常分為兩種。一種是類似聯想，例如看到菊花想起向日葵，因為它們都是花，都是黃色，在性質上有類似點。一種是接近聯想，例如看到菊花想起中山公園，又想起陶淵明的詩，因為我在中山公園裡看過菊花，在陶淵明的詩裡也常遇到提起菊花的句子，兩種對象雖不同，而在經驗上卻相當接近。這兩種聯想有時混在一起，例如看到菊花想起陶淵明，一方面是一種接近聯想，因為陶淵明常作菊花詩；一方面也是一種類似聯想，因為菊花有高人、節士的氣概，和陶淵明的性格很類似。[8]

　　朱光潛的這段話中，把聯想分為類似聯想，例如看到菊花想起向日葵，以及接近聯想，例如看到菊花想起中山公園，又想起陶淵明的詩。寫詩尤其需要聯想，如果丟開聯想，不但詩人無從創造詩，讀者也無從欣賞詩。例如李商隱的〈錦瑟〉：「錦瑟無端五十絃，一絃一柱思華年。莊生曉夢迷蝴蝶，望帝春心託杜鵑，滄海月明珠有淚，藍田日暖玉生煙。此情可待成追憶？只是當時已惘然。」很多解釋此詩的人不明白詩與聯想的道理，往往把詩意越解釋越混亂，朱光潛認為從聯想出發，就可以看出這首詩五六句與三四兩句的功用相同，都是

8　朱光潛：《文藝心理學》，《朱光潛全集》第一冊，合肥：安徽教育出版社，1987年8月，頁280。

表現對於死亡、消逝之後，渺茫、恍惚，不堪追索的情境所引起的悲傷。在取材、造句時多用聯想，可以豐富內容、美化句子。

現在的大學生要求寫一篇五百字的文章，都已經算是難題了，但利用聯想的作用，卻可以把文章寫長，王鼎鈞在《作文十九問》中就示範了這種聯想的作法。

學生問他，老師常說他的作文寫太短了，下次要多寫一點兒，可是學生無論如何做不到，有時對著題目下筆去寫，一兩句話就寫完了，再也沒有話可說了。

王鼎鈞的回答是：你只要能寫出一句話，就能寫出一百句話。

> 鳥飛，這是一個極其簡短的句子，它簡短，可是並不簡單。鳥飛，鳥在哪裡飛呢？（天上。）鳥在天上飛。有多少鳥在天上飛呢？（一隻鳥在天上飛。）這隻鳥是一隻什麼樣的鳥呢？（大概是一隻老鷹吧。）它是怎麼飛的呢？（大概是在空中兜圈子吧。）好，一隻老鷹在空中轉著圈子飛。你只要能寫「鳥飛」，就能寫「一隻老鷹在空中轉著圈子飛。」只要你能寫魚游，你就能寫一隻紅色的金魚在玻璃缸裡游來游去。[9]

聯想很神奇吧，思前想後、左顧右盼、說長道短，這麼發展到最後不是寫不長，是越寫越長。如果從手上一只新手錶開始寫，父親帶孩子去買錶，坐計程車或走路去？去哪一家鐘錶行買？和賣東西的人說了什麼話？最後為什麼買的是電子錶？……等等，不得了，這麼一聯想，越想越多，別說五百字，一千字都不夠寫，最後又要裁剪了。藉由想像與聯想，按照行文脈絡，考量哪些材料可以放入，哪些可以刪除，然後達到劉勰說的「馴致以懌辭」的境界。

---

[9]　王鼎鈞：《作文十九問》，臺北：爾雅出版社，2007年1月，頁36。

㈣修改與補強

　　一篇文章的完成是否成功，取決的因素很多，立意是否明確、取材是否適當且剪裁合宜、構思是否靈巧而有創見，還有文詞是否美妙精準。因此文章在寫作的過程中要注意修辭。修辭是寫作技巧，也是表現的藝術，不僅要鍛鍊字句、修飾文辭，也是在雕飾與自然、摹擬與創造、命意深長和文字新麗中求得平衡。李白詩所說的「天然去雕飾」和金代詩人元好問所說的「一語天然萬古新，豪華落盡見真淳」，是同樣意思，都是說文章固然要雕飾，但最高境界卻是繁華落盡，只見真淳，只見天然。歐陽修說的「狀難寫之景，如在目前；含不盡之意，見於言外」，或許正是修辭要追求的終極目標。

　　當然對於初習寫作的人來說，比起豪華修辭，更重要的是選擇合宜的語詞，以及細心訂正訛字，先做好文句正確與流暢，再進一步要求修辭的技巧，因此寫好作品後修改與補強的工作也是很重要的，以下列舉一些在修改與補強時要留意的原則：

1. 運用明白曉暢的常用詞

　　前輩作家林語堂說：「用家常文體的作家，是以真誠的態度說話」，王鼎鈞也有同樣的說法：「散文是說話的延長」，白話文運動的精神就是「我手寫我口」，所以能用簡單明白的文句表達，就不要特意尋找冷僻的字詞。

2. 避免指涉不明的歧義詞

　　中文字詞常有一詞多義的現象，解釋不夠就會引起誤會，也不能正確傳達作者的意思，譬如說：「我現在要去上課了」，到底是老師去授課，或是學生去聽課？又如，「咖啡店要關門了」，是要打烊還是歇業？遇到這種情況，就要在前後文多交代幾句話，讓讀者可以有足夠線索理解文意。

3. 小心錯用詞語

　　語言文字在漫長流傳過程，難免隨著時代而在意義上有所不同，譬如「風流」一詞在古代是指高人雅士，但對現代人來說，卻有玩世不恭的負面意涵。有一句歌詞「當你看遍過這世界的每片滄海桑田」，滄海桑田是比喻世事變化巨大，不是具體的農田，不能用「每片」來修飾。又如，你如果說某人的豐功偉蹟真是罄竹難書，那麼聽到這句形容的人一定認為你說的是反諷語，而應該被你讚揚的人反而是被羞辱了。

4. 注意論述邏輯

　　所謂邏輯，即是推理分析的方法，文句注意論述邏輯，才能讓讀者從你的前句推想到後語，因此語言表述要合乎邏輯。中文檢定常考論述邏輯，如：

　　　　下述符合語言表述邏輯的選項是：
　　　　(A)他演講技術高超，可以指鹿為馬，因而聞名國際
　　　　(B)王家因去年風災全毀，自此之後，王小明生活貧困，幾
　　　　　　乎到了饔飧不繼的地步
　　　　(C)爺爺總是捨不得丟棄過期食品，此種故步自封的想法，
　　　　　　令我相當擔心
　　　　(D)時光荏苒，歲月如梭，終於吃完飯了

(A) 選項，如果演講技術高超，就不會指鹿為馬；(C) 選項，故步自封是指守著老套不求進步，和捨不得丟棄過期食品的作法文意並不對等；(D) 選項，吃一餐飯用「時光荏苒，歲月如梭」來形容是太誇張了。正確答案是(B)，這句話從風災全毀因而生活貧困，所以三餐不繼，文字敘述符合邏輯。

　　除了以上幾個重點，此外錯字的訂正、標點符號準確恰當使用，都是作品完成後要注意的修改及補強的工作，然後，就像你穿戴整齊

最後拍拍衣服上的灰塵、線頭，光鮮亮麗的你就可以出門了。

三、寫作診療室

　　在教學過程，同學常常會遇到一些難題，有些容易解決，有些則較複雜，尤其寫作是很抽象的概念，以下列舉幾個策略，讓同學可以透過思考自我訓練，並解決問題。

(一)問題一：如何描述抽象的情緒？

　　每個人的人生都是從一聲啼哭開始，當我們還是嬰兒時，我們無法告訴別人我們的需求，於是肚子餓了、尿布濕了、想要母親溫暖的懷抱……時，只有哭，哭是嬰兒唯一表達情緒的方式，然後我們學會說話，學會寫字，於是可以運用語言文字，甚至肢體語言來表達自己的需求以及和別人溝通。當我們還是孩子時，表達情緒的方式還很直接，我生氣了、我很傷心、我不想說話、我太開心了……隨著年齡的增長，人生經驗越來越豐富，人類的情緒越來多元，如何準確傳達自己的情感，就成了生活的重要課題。

　　抒情力是指了解自己的感受，也能體察他人的情感，熟悉人與人的巧妙互動，以及在細微事物間發覺意義與目的的能力。知道如何抒發自己的感情，也才能產生同理心去理解別人的感受。2009年八八風災，高雄縣小林村慘遭土石流掩埋滅村，據報導指出，居然有人說，「小林村民搬到山下住不就不怕土石流了」，這樣的言論若是小學生所說也就罷了，我們可以說小學生天真少見識，可是這說法卻是出自大學生，那便是缺乏同理心的現象。

　　文學家擅長探究事情的意義，以及發覺微細的心靈境界，人與自然萬物，人與人之間的巧妙互動，透過文學家的描繪，那似有若無的感情便具體起來。

　　舉例來說，「鄉愁」是一個很抽象的概念，對現在年輕人來，也很難理解，洪淑苓在一篇〈消失的門牌〉散文中敘寫土生土長的臺北

人也有鄉愁。這是怎麼一回事？她從尋索身世出發，企圖在自己的古老身世以及現代臺北之間找到定位，同時也以一個土生土長、有根的臺北人，為真正的臺北人爭取發言權。並且告訴讀者，不管時代如何變化，她對土地的愛戀是不會改變的。

　　從生活經驗出發，抽象的概念也能立體起來。

㈡問題二：生活瑣碎也可以寫成文章？

　　「被一隻狗撿到」？不對吧，應該說撿到一隻狗吧，當文學教育者聞火星文變色時，這樣的句子可不在火星文之列，因為這句話的意思很清楚，只是若單純寫撿到一隻狗，句子太平板，把主格受格調一下，文字的趣味就出來了。這樣說話不是作者自己發明的，在劉靜娟這篇名為〈被一隻狗撿到〉的散文裡，她那愛狗的孩子一向這麼說，不只被狗撿到，這孩子對去留觀念也與眾不同，一次老師要挑選參加全市小朋友注音比賽的選手，從班上先選出幾名，經過加強訓練後，又數次測驗篩選，憨傻的孩子沒有什麼勝敗觀念，每次有人被淘汰出局，都天真地說誰被老師「選」回去了。最後「其他同學都被『選』回去，『留』下了他去參加比賽」，在孩子的語彙裡的主詞受詞是可以調來調去的。

　　劉靜娟這篇文章最特別的地方在於作者一些獨特的用字遣詞，除了前面說的「被狗撿到」還有「幸好」，她的孩子還養過一條什麼名犬，是狗主不想養，託獸醫幫忙物色愛狗的好人家，獸醫推荐給她孩子養，「幸好」養不了多久，狗主人要了回去，從媽媽的角度看才是幸好，孩子可是心疼養了許久的狗伴。

　　生活瑣碎，若能以趣味的文字呈現，平凡的題材也是文章。

㈢問題三：沒有題目的作文，要寫些什麼呢？

　　散文習作教了大半個學期，要同學們交期末習作時，還是有人問我，老師，要寫什麼？我寫作這些年來，可從沒想過這個問題，寫作不就應該像波特萊爾說的，感到內在一股不得不發的衝動嗎？

　　我記得我剛開始寫作時，一個晚上熬夜寫了一篇六千多字的小說，寫完後很興奮卻也很惶恐，覺得自己寫太快了，會不會失之草率？當時我參加耕莘青年寫作會成為青年會員，幾天後，我到寫作會裡去，正好有機會問小說班的指導老師楊昌年老師這個問題。楊老師說，不會啊，有時候一股作氣寫出來的作品會是佳作呢，對於剛開始寫作的年輕人，我想楊老師都會用正面的話來鼓勵有加的。

　　提起這件事是為了說明，寫作的題材是自然形成的，來自內心思考、生活體驗，心中有創作的欲望，題材自然在那兒，我記得詩人瘂弦說過鼓勵年輕人寫作的話，「拿起筆來你就是作家」。不過對於當下生活體驗貧乏，也沒有深入思考訓練的青年學子來說，要寫一篇習作，確實會碰到不知該寫什麼的困擾。

　　多閱讀固然是充實寫作題材的不二法寶，而且沒有捷徑，只是在欣賞名家作品中，除了學習他們的表現技巧外，若能進一步去思考這篇文章如何取材，或許可以給題材貧乏的人一點參考方向。舉例來說，回憶是作家寫作題材的重要來源，尤其是往事，幾個月前、好幾年前、小時候……，這些往事常常都是我們寫作文時會用上的材料，每個人都有往事、都有回憶，把一些溫馨的往事從記憶裡挖掘出來，再和現實生活對照，補充一下當時自己的想法與心情，就是一篇內容豐富的好文章了。

㈣問題四：每篇文章只能有一個主題嗎？

　　都說創作是自由的，尤其是散文，結構鬆散，自由度更高，那麼為什麼要談創作的紀律呢？所謂紀律是指約束哪一方面呢？

　　我在批改同學習作時，常常會發現一個共同的問題，那就是同學寫作時，對於自己想表達什麼主題，並不十分確定，所以寫著寫著，就忘了這篇文章所為何來，甚至有的同學，一開始寫的是一個主題，中段時轉到另一個主題，結尾時又想到自己原來想寫的，於是又轉回來原先的主題，這樣的作品創作焦點不集中，說是自由，就因為太自由了，讓讀者無法清楚知道作者的用意。譬如在一篇題為〈夢魘〉的

習作中，作者主要想表達人被手機操控的現象，但文中花很多篇幅敘述手機的好處，對於手機如何成夢魘的過程卻很少鋪陳，中間還一度忘了主題，轉為敘述自己的學生生涯，原本一個很好的創作題材，卻因為沒有謹守創作的紀律，反而成為主題渙散的失敗作品。

這意思並不表示寫作一篇文章只能有一個主題，很多作品都有數個主題，寫親情也可兼及友情，詠物也可敘事，只是在還不能把一個主題掌握好時，最好還是嚴守紀律吧。

四、延伸閱讀

1. 王鼎鈞：《作文十九問》，臺北：爾雅出版社，2007年二月初版。
2. 吳宏一：《作文課十五講》，臺北：遠流出版社，2011年9月。
3. 林黛嫚、許榮哲：《神探作文》，臺北：三民書局，2014年5月初版五刷。
4. 林黛嫚：《多夢的人生——培養青少年的抒情力》，臺北：幼獅文化，2011年4月。
5. 林黛嫚：《從傾城到黃昏——培養青少年的敘事力》，臺北，幼獅文化，2011年4月。
6. 傅道彬、于茀著：《文學是什麼？》臺北，揚智文化，2010年1月初版二刷。

五、練習單元

題目：你寫作的地方

　　你在什麼地方寫作？不管是寫報告、做作業，或是寫臉書、寫家書、寫情書，總有一個地方，圖書館、咖啡館、家裡書房，其至捷運上，無論舒適不舒適，卻是你和自己或旁人對話的地方，請用文字描寫你寫作的地方的格局，桌子是什麼樣子？桌上放了什麼東西？椅子呢？有沒有檯燈或吊燈？當然，還有一個重點，這個地方對你的意義是什麼？

請沿虛線剪下

第三章
敘事與小說寫作

侯如綺

導言

　　在很久以前，遠古時代的人類還沒有太多娛樂，人們只能用一些很簡單的方式娛樂自己。我們大概可以想像，先民在勞動之餘，編織敘事、談論故事，用以排遣漫漫光陰，講故事也可以是他們娛樂的方法之一。

　　而在面對自然現象如風、雷、雨、電時，原始的人們因為智識不足，無法控制也無法理解巨大的自然力量，只能夠被動的受到支配，因而對天地山川等等的變易現象產生敬畏。在這種依賴自然但又恐懼自然，對未知種種感到惶惑的複雜心理下，人們便試圖解釋自然，創造神話故事，從神話故事釋放想要了解自然、征服自然的願望，故有了如夸父追日、女媧補天、盤古開天等等的神話傳說。因此，聽故事不只是人類娛樂的方式之一，也是認識自我、定位自我與環境關係的重要途徑。所以我們可以這麼說，小說之所以能夠獲得普羅大眾的喜愛，正是來自於人們對故事的渴望。

　　中國對小說的看法是經過長期的演變才變成今日一般所認可的小說。在這一章中，我們將先回顧歷史，粗淺的探察小說觀念的演變，對於小說的文類性質有一認識之後，再分述構成小說的要素：人物、情節、主題、敘事觀點、環境，從這些元素探討中認識小說、閱讀小說、創作小說。

一、歷史的回顧：小說觀念的演變

　　小說的英法語又稱fiction，顯示它的虛構性。作者可以透過塑造人物生活於社會環境之中，徜徉在小說的想像世界，並且表現他對世界的看法、情感與激發美的創造力；而讀者可以通過小說感受到一個活生生的世

界，其感覺如同身歷其境，甚至與小說中的人物同喜同悲，得到一種情感的昇華。不管是寫作者還是閱讀者，都透過小說認識了自己也認識了他人。

但是，早期的中國文人不重視小說，認為它是不足觀的末流。小說一詞最早見於《莊子・外物》：「飾小說以干縣令，其於大達亦遠矣。」即認為小說是瑣碎之言，不合於大道。此時的說法和後世對小說的看法顯然有別。

至東漢初年，桓譚《新論》說：「小說家合殘叢小語，近取譬喻，以作短書，治身理家，有可觀之辭。」雖然仍指小說是殘叢小語，但對小說地位已經較為肯定，認為它有社會教化的功能。稍後班固在《漢書・藝文志》裡將之列為諸子十家之末，並且評論說：「小說家者流，蓋出於稗官，街談巷語、道聽塗說之所造也。」不同於《莊子・外物》篇所提到的「小說」之說，在兩漢時小說雖已成一家之言，但基本上它仍只是一種稗官野史或神仙方術之說。

魏晉南北朝時期，創作豐富，開始出現具有代表性的小說作品，這時期的小說，大致可以分為志怪小說與志人小說兩類。前者以干寶的《搜神記》為代表，後者則以劉義慶《世說新語》為代表。不過在這個時期裡，作者在創作上還是以記實的態度來寫作，即使如充滿鬼怪奇幻內容的《搜神記》，干寶也曾自序其創作動機乃是「明神道之不誣」，說明自己要證明鬼神的存在。如此求真錄實的想法，使得小說的觀念受到侷限，一直到唐代才從這樣的限制脫離開來。

唐代一面承襲六朝志怪餘風，一面受古文運動影響，而有創新文體的傳奇小說出現。「傳奇」之名正概括了小說非奇不傳的面貌，也漸近於現代對小說的看法。明朝胡應麟：「凡變異之談，盛於六朝，然多傳錄舛訛，未必盡幻設語，至唐人乃作意好奇，假小說以寄筆端。」唐代的創作者不再以錄實的心態寫作，文人的創作意識從寫史的意識脫出，體認小說是未必真有其事的一種創作，便容納了更多的虛構與想像。此一小說意識的變化，是小說藝術發展上一大改變。這時候的作品也和六朝顯然有別，六朝的作品較為簡略，相對而言比較不重視人物心理的經營和結構的佈

置，到了唐代的文人有意識的寫小說，才使得小說的文學藝術價值被突顯出來。

我們閱讀唐代傳奇名篇如〈虯髯客傳〉、〈鶯鶯傳〉、〈霍小玉傳〉、〈杜子春傳〉、〈柳毅傳〉等，都可以感受到它在語言技巧上更為精巧、人物形象與結構安排更趨完整以及主題內容更具深度。宋人洪邁曾如此評價：「唐人小說，小小情事，淒惋欲絕，洵有神遇而不自知者，與詩律可稱一代之奇。」指出唐小說敘事寫情上的特徵外，也肯定了小說的藝術價值足以與詩並列。

經過了宋、元以後話本小說的發展，明代以後的小說觀念已日趨明確與深入。明代的謝肇淛肯定《水滸傳》與《西遊記》的「曼衍虛誕」，而對《三國演義》有所貶抑，因他以為小說創作應「虛實相半」。並且，他還進一步說明小說「亦要情景造極而止，不必問其有無也」，對小說的虛構藝術有清楚的認識。

當清代的金聖嘆說：「天下文章，無有出《水滸》右者」，顯然小說的地位已不再是瑣碎言論而已，還超越傳統文人所重視四書五經。至晚清梁啟超的〈論小說與群治之關係〉（1902）甚至這麼說：

> 欲新一國之民，不可不先新一國之小說。故欲新道德，必新小說；欲新宗教，必新小說；欲新政治，必新小說；欲新風俗，必新小說；欲新學藝，必新小說；乃至欲新人心，欲新人格，必新小說。何以故？小說有不可思議之力支配人道故。

這固然誇張了小說的功用，但也讓小說被一般士人肯定與重視，使得更多知識份子願意投入小說的創作、閱讀與研究。迄今的小說觀念越來越多元，脫離了小說應有啟蒙功能的時代色彩，對於小說的看法已經很難定於一尊。各種不同類型的小說紛陳，如科幻小說、奇幻小說、恐怖小說、武俠小說、言情小說、輕小說、電影小說、都市小說、鄉土小說、女性小說等等，不管是通俗文學或嚴肅文學領域都已經有豐碩的創作成果了。

二、小說的主人翁如何誕生？——小說中的「人物」

　　人物是小說的靈魂，我們很難想像一部小說裡面沒有人物。在大多數的作品裡，人物具有推動情節的功能，人物遭逢事件，做出應變或反應，就像是日常生活中的你我。讀者也因此被人物吸引，甚至揣想自己就是小說中的人物。

　　一個成功的人物，應該讓人印象深刻。當讀者閱讀完一部作品時，很可能記不清具體的情節，但是人物的形象卻仍然深刻的印鑴在腦中。尤其是經典小說中的人物，甚至跳出了小說而獨立存在，和人們的日常生活結合在一起，成為一種象徵。如同《西遊記》裡的孫悟空、豬八戒、唐三藏；《紅樓夢》裡的林黛玉、薛寶釵等。即便是像真有其人的《三國演義》，我們認識的不是歷史上的諸葛亮、周瑜、曹操，而是小說中的他們。

　　而這些小說人物成為一種成功的典型，乃在於他們一方面具備了能夠讓人印象深刻的獨特性，一方面又具備人情所能共通共感的普遍性。獨特性與普遍性的巧妙結合會讓人物的塑造更為成功。獨特性讓人物有個性，普遍性則使人感到親切。例如《紅樓夢》中林黛玉的自傷身世、多愁善感與纖柔細緻，使她有性格上的獨特性。她和賈寶玉雖兩情相悅，但「金玉良緣」與「木石前盟」的矛盾使得林黛玉和賈寶玉之間的深刻愛情有一種命定的悲劇性。個性與命運讓林黛玉在面對愛情時，充滿了猜忌與不信任。故雖然現代讀者所生存的時代已經沒有家長作主的封建婚姻，讀者也不見得有和林黛玉相似的性格，但是卻一樣能夠體會愛情中的嫉妒與不確定感，因這是普遍人情所共有的感受，具有跨越時空的普遍性。

　　小說人物是出入於虛實之間的，獨特性和普遍性是掌握人物素造的重點，而實際上寫作時，則要學習呈現人物的方法。

　　小說人物的寫法可分「直接描繪法」與「戲劇顯示法」，這兩種手法通常會一起使用。[1]

　　「直接描繪法」乃是指敘述者或是作品中的人物直接向讀者說明人物

---

[1]　見劉世劍：《小說概論》（高雄：麗文文化，1994），頁92-116。

的特點，包括樣貌、身形、服飾、家世或是名字、綽號等，也就是直談論人物的肖像。這樣的寫作法通常較為快速直接。例如白先勇〈永遠的尹雪艷〉寫尹雪艷的形象是：

> 尹雪艷從來不愛擦胭抹粉，有時最多在嘴唇上點著些似有似無的蜜絲佛陀；尹雪艷也不受穿紅戴綠，天時炎熱，一個夏天，她都渾身銀白，淨扮的了不得。不錯，尹雪艷是有一身雪白的肌膚，細挑的身材，容長的臉蛋兒配著一付俏麗甜淨的眉眼子，但是這些都不是尹雪艷出奇的地方。見過尹雪艷的人都這麼說，也不知是何道理，無論尹雪艷一舉手、一投足，總有一份世人不及的風情⋯⋯。即使跳著快狐步，尹雪艷從來也沒有失過分寸，仍舊顯得那麼從容，那麼輕盈，像一球隨風飄蕩的柳絮，腳下沒有縈根似的。尹雪艷有她自己的旋律。尹雪艷她自己的拍子，絕不因外界的遷異，影響到她的均衡。

　　作者直接寫出尹雪艷的穿戴、服飾、身姿、風情、容貌。選擇尹雪艷的特色反覆寫出，讀者快速的得到了尹雪艷迷倒眾生又事事不沾身的妖異形象。加上她的名字「雪艷」，呼應了她肌膚雪白、穿著雪白、長相美麗的外在形象，又暗指她內心冰冷似雪的內在形象。然而這種人物描繪方式若使用太多容易讓讀者減少想像的趣味，過於簡約、機械而不夠生動，故而在這篇小說中的後半部，白先勇陸續加入了其他人物吳經理、宋太太、徐壯圖等與尹雪艷互動，尹雪艷熱情的招待他們可是又不動真情，突顯了尹雪艷的絕情無心。

　　為避免小說中的人物總是使用「直接描繪法」而變得平板而缺乏說服力，作家在寫作小說中主要人物時，便和「戲劇顯示法」綜合使用。「戲劇顯示法」是作者並不直接寫某人物勇敢或是懦弱等等個性，而是透過人物自己的言行舉止來表現出他的性格。它是人物自己透過行動、思想、和其他人物的互動，如對話、動作等等來表現人物本身的一種寫作方法。

　　使用「戲劇顯示法」時，要注意人物的語言、思想以及行動是否合乎人物的身分、階級或是性格、年齡。如果人物是一名農人或是工人，他所說的話語便不會像是知識份子一樣掉書袋或是文謅謅。除非創作者有意表現一種獨特的風格，否則仍要注意人物和戲劇表現的配合。相反的，若能掌握人物的語言，利用人物和其他人互動時的對話，往往可體現人物的獨特形象，突顯其性格。

　　魯迅作品〈藥〉寫開茶館的華家兒子華小栓得了肺癆。傳說只要吃下沾了血的饅頭，病就會好起來。於是父親華老栓花盡積蓄和行刑者交易，到清晨的刑場去等待被行刑者的血饅頭。

> 　　老栓慌忙摸出洋錢，抖抖的想交給他，卻又不敢去接他的東西。那人便焦急起來，嚷道，「怕什麼？怎的不拿！」老栓還躊躇著；黑的人便搶過燈籠，一把扯下紙罩，裹了饅頭，塞與老栓；一手抓過洋錢，捏一捏，轉身去了。嘴裡哼著說，「這老東西……。」

　　魯迅透過短短幾筆點出老栓的動作與心情，老栓抖索的手，正顯出了老栓的害怕、蒼老與猶豫：血饅頭是兒子的救命仙丹不能不要，但又是沾滿鮮血的。而黑的人則和老栓形成對比，「搶」、「扯」、「捏」幾個動作，勾勒出黑的人粗暴、驕橫和貪婪的形象，最後一句：「這老東西……」，又突出他無動於衷的無情。這段文字便是透過了言語與動作讓人物展現他本身的「戲劇顯示法」。

　　另外，由小說人物談論其他人物的寫作方式，也是屬於「戲劇顯示法」的一種變形。〈藥〉中的華老栓得到了血饅頭給兒子當藥材，但是這血饅頭是來自於誰的血呢？受刑人是夏四奶奶的兒子夏瑜，他因為參與革命而遭死刑。夏瑜在小說之中不曾實際出現，屬於虛的人物，但是透過幾個人物的對話，讀者便能勾勒出夏瑜的形象：

康大叔瞥了小栓一眼，仍然回過臉，對眾人說，「夏三爺真是乖角兒，要是他不先告官，連他滿門抄斬。現在怎樣？銀子！——這小東西也真不成東西！關在牢裡，還要勸牢頭造反。」

「阿呀，那還了得。」坐在後排的一個二十多歲的人，很現出氣憤模樣。

「你要曉得紅眼睛阿義是去盤盤底細的，他卻和他攀談了。他說：這大清的天下是我們大家的。你想：這是人話麼？紅眼睛原知道他家裡只有一個老娘，可是沒有料到他竟會這窮，榨不出一點油水，已經氣破肚皮了。他還要老虎頭上搔癢，便給他兩個嘴巴！」

「義哥是一手好拳棒，這兩下，一定夠他受用了。」壁角的駝背忽然高興起來。

「他這賤骨頭打不怕，還要說可憐可憐哩。」

花白鬍子的人說，「打了這種東西，有什麼可憐呢？」

康大叔顯出看他不上的樣子，冷笑著說，「你沒有聽清我的話；看他神氣，是說阿義可憐哩！」

聽著的人的眼光，忽然有些板滯；話也停頓了。小栓已經吃完飯，吃得滿頭流汗，頭上都冒出蒸氣來。

「阿義可憐——瘋話，簡直是發了瘋了。」花白鬍子恍然大悟似的說。

「發了瘋了。」二十多歲的人也恍然大悟的說。

店裡的坐客，便又現出活氣，談笑起來。小栓也趁著熱鬧，拚命咳嗽；康大叔走上前，拍他肩膀說：

「包好！小栓——你不要這麼咳。包好！」

「瘋了。」駝背五少爺點著頭說。

透過人物的對話，讀者可以得知年輕的夏瑜的家裡是貧窮的，他因為親戚的告密而被逮捕。逮捕了之後夏瑜沒有對威逼者低頭，一身傲骨，在

獄中仍然要宣揚理念。被狠打了之後不是辱罵，而是說「可憐」，批評腐敗清政府的共犯者麻木無感。夏瑜的革命理想不是出自於他個人想要窮人翻身的利益，而是追求群眾更好的生活。反觀別的人物：康大叔、駝背五少爺、紅眼睛阿義、花白鬍子，對於夏瑜的犧牲不但不能理解，還認為他是活該、發瘋，對夏瑜污辱訕笑，體現了革命者的理念和死亡不為人所知的悲哀與寂寞。夏瑜的犧牲所想要解救的對象卻是這樣的一群人物，他們沒有認識到自己的愚昧與麻木；革命志士的血沒能醫治群眾的精神，反而是被無知困苦的老栓用來拯救兒子肉體的病。

可見當小說人物談論其他小說人物時，所談論的內容不見得是可信任的內容，有時反而和人物的人格相互矛盾。例如他們談論夏瑜：「小東西也真不成東西」、「沒有料到他竟會這窮，榨不出一點油水」、「這賤骨頭打不怕」、「瘋話，簡直是發了瘋了」等等，這都是來自於康大叔等人物的判斷，也表現群眾在長期的封建統治下已經失去自我的意識。魯迅自然不認同康大叔諸人，而是要透過這樣的矛盾諷刺康大叔的粗暴、牢頭阿義的兇狠，更讓讀者感受到夏瑜死亡的悲劇性。

三、情節是要緊的——小說中的「情節」和「主題」

情節就是故事的發展。故事經過安排、佈局、鋪陳之後就是情節。E.M. Forster《小說面面觀》一書曾經解釋情節與故事的差異，說明故事是按時間順序安排的事件的敘述。情節雖也是敘述，但是重點在因果關係上。「國王死了，皇后也死了」是故事；「國王死了，皇后也傷心而死」則是情節。國王和皇后的死亡雖也有時間順序但沒有一定關係，而情節的前後之間則有因果關係，有進一步發展的可能。[2]

因為，讀者總是好奇事件的發展經過、原因，會問「然後呢？」、「意義如何？」因此發展而成情節。情節是作者根據需要發展而來，而非隨意無謂的讓事件發生、結束。故事是小說的基本元素之一，一篇小說裡

2　愛德華・摩根・佛斯特（Edward Morgan Forster）著、蘇西亞譯：《小說面面觀》（臺北：商周出版，2009），頁114-115。

面通常不只一個故事。長篇小說包含許多故事於其中自不待言；短篇小說亦同。故事和故事之間的連接、因果關係的結合，是構成好小說的重要因素。如同魯迅的〈藥〉，既有得到肺癆的華小栓一家的故事，也有成為革命黨的夏瑜一家的故事，魯迅用兩家的姓合稱「華夏」，象徵晚清中國的命運，是以血饅頭連結兩個故事又指向象徵的巧妙作法。

　　生活是由人來完成，情節自然也是由人物來推動，情節亦可作為表現人物性格的重要手段。引人入勝的情節會有開頭、蘊釀或矛盾、衝突、結尾。

　1. 開頭：人、事、物的發端。
　2. 蘊釀或矛盾：在衝突之前的安排。人、事、物之間的矛盾升高。作為之後衝突的鋪陳。
　3. 衝突：指人與人、人與事或是人與環境之間遭遇困境、難以解決的矛盾、無法實踐的承諾等而產生的衝突。
　4. 結尾：衝突得到解決或是因無法解決而告一段落，結束小說。

　　故小說情節的發展，我們可以用曲線圖來表示：

開始　　　　　　結束

　　這是表示一開始的時候事件才剛開始，之後困境、障礙或矛盾漸次升高而達到衝突，最後得到解決的曲線狀態。

　　然而，小說中的衝突常不只一個，事件得到解決或暫歇後，可能醞釀著下一個更巨大的衝突。例如話本《警世通言》中的〈杜十娘怒沉百寶箱〉，先是製造李甲沒有金錢再流連妓院，眼看就要被老鴇掃地出門。杜十娘便趁機和老鴇談下贖身條件，李甲再出院借貸，籌措銀兩。好不容易歷經千辛萬苦得以贖身，之後又有富商孫富覬覦十娘美色，誘惑李甲轉讓杜十娘。杜十娘和李甲先是遭到老鴇的考驗，後又遭到阮囊已空的困境，問題分別解決之後，又有下一個衝突醞釀出現。後來李甲不敵孫富誘惑，

杜十娘悲痛之餘將百寶箱沉入江中，最末自己也投江身亡，情節結束。相反的，若是編製短小的極短篇，則是把衝突放在全文結束前四分之三或是五分之四處，甚至是在最後一段才造成衝突，衝突之後馬上結束，造成驚奇的結尾，讓讀者有震撼的感受。

　　情節固然有大概的發展狀態，但是如何才能把故事講的好聽呢？情節的安排關聯著怎麼說故事，也就是時間的魔法。人生只有一次，從過去到未來，如電影「回到未來」般的時間跳躍是不可能的，而小說的創作者偏偏是遊戲時間的人，一般我們最常使用也最耳熟能詳的是正敘、倒敘、插敘、補敘這幾種小說時間的敘述方式。順敘，是依照時間發展的先後依序進行；倒敘是先敘述事件的結果，然後再從頭敘述事件的經過；插敘則是在敘述時插入回想、補充或說明；補敘是順序或倒敘已經結束，小說到了最末，補充解釋前面的敘述，偵探小說便常使用這種敘述方式來補充犯罪的原因、過程、細節。其他幾種敘述方法還有散敘、環敘、交敘、分敘和合敘、蒙太奇、意識流等等。

　　使用不同的時間敘述方式，會使得作品情節的安排變得更加靈動，產生不同的效果。如白先勇的作品《臺北人》以一九四九年之後流離來臺的第一代外省人為主要人物，書寫他們來臺的生活。小說中人物的心靈漂泊於今昔之間，身在臺灣，心在中國原鄉，時時追憶往日時光，故在《臺北人》中有大量穿越今昔時空的情節敘述。以其中的〈金大班的最後一夜〉為例，金大班是西門町夜巴黎舞廳中的紅牌舞女，小說中的時間發生在金兆麗即將結束舞女生涯，從良嫁人的前一天晚上。然而在這一個夜晚之中，讀者透過金兆麗的意識流動，知道了她昔日在上海百樂門的風光、曾經擁有過的愛情、到今日在臺灣年華老去，只得抓住「看來還算老實的有錢老頭」的這一連串時間的故事。

　　　　眼看明天就要做老闆娘了，還要受這種爛污鱉三一頓烏氣。
　　　　金大班禁不住的搖著頭頗帶感慨的吁了一口氣。在風月場中
　　　　打了二十年的滾，才找到個戶頭，也就算她金兆麗少了點能
　　　　耐罷了。當年百樂門的丁香美人任黛黛下嫁棉紗大王潘老頭

兒潘金榮的時候，她還刻薄過人家：我們細丁香好本事，釣到一頭千年大金龜。……可是那天在臺北碰到任黛黛，坐在她男人開的那個富春樓綢緞莊裡，風風光光，赫然是老闆娘的模樣，一個細丁香發福得兩隻膀子上的肥肉吊到了櫃臺上，搖著柄檀香扇，對她說道：玉觀音，你這位觀音大士還在苦海裡普渡眾生嗎？她還能說什麼？……多走了二十年的遠路，如此下場，也就算不得什麼轟烈了。

以上這一段短短文字的時間敘述，一下從金大班嫁人的前一晚，跳到十多年前在上海的往事，又移往到臺北遇見昔日姊妹，最後再回歸到現在的感嘆。同樣的，不管是青澀的金兆麗初識情人月如，替月如懷了孩子又被打胎的悲慘過去、上海成了紅牌小姐和姊妹們較勁嬉戲的往事、來臺撐起舞店排場的交際手腕、與討海人秦雄的情愛糾葛和調教剛下海的朱鳳等等，這一連串的回憶不分順序的隨著金兆麗眼前所見人事物而滑轉出現，讀者因此拼湊出金大班的半生歲月。

情節的安排有許多的可能，各式各樣的片斷故事在創作者的腦中盤旋著，如何選擇才是最好的呢？

在創作時，創作者可能先選擇題材，再構思故事，最後經過加工、改造、調整，而成為情節。但情節不是漫無目的的隨意發生，也不能天馬行空的無限延伸，除了要合乎小說的結構需要之外，還要盡可能的圍繞著小說主題，如此才不會過度龐雜。

然而，何謂主題？簡單的說，主題就是小說作品的意義。其中寄寓了作者的人生觀、世界觀甚至是宇宙觀。主題有時明示，有時暗示，在歧義性大、象徵意義強的純文學作品裡，常會因不同讀者對作品有不同的詮釋和理解而出現不同的主題。也因此，一部作品的主題往往不只一個。

例如黃春明〈兒子的大玩偶〉，內容書寫主角坤樹為養家活口，忍受被他人訕笑的屈辱，扮成小丑當活廣告宣傳電影。最後孩子卻因為父親總是扮成小丑臉，而認不出父親真正的模樣。這篇短篇小說作品有些讀者認為其主題是傳達父愛的偉大，有些讀者則認為作家是透過坤樹表現臺灣

五〇年代庶民生活的艱辛，或也有讀者重視的面向是象徵的層面，認為本篇小說傳達了人為了生活總需要戴著面具面對世界，而最終失去自我的窘境。故我們不能說作品只能有單一主題，內涵越是豐富的作品就越有多種可能。

　　從讀者的角度而言，主題的誕生是透過作者的創作加上讀者個人的解讀一起完成。從寫作者的角度來說，主題則能幫助創作者在創作時選擇題材並加以剪裁，如此也可以進一步替創作者釐清想法、理念、經驗等。在作品完成之後，則能夠傳達作者的觀點、看法，甚至宣揚某種價值觀。在五四初期，宣揚理念的作品特別多，其主題也多帶有啟蒙色彩。然而，創作者仍需留意過度的重視主題，將會使作品成為宣傳品，變成失去想像力與趣味的小說。

四、是誰在說故事？──小說的「敘事觀點」

　　故事是小說的基本元素。但是，小說不是戲劇，戲劇能在觀眾的眼前演出，沒有誰說故事的問題，小說則不同，小說必須有一名敘事者，也就是「誰在說故事」的問題。

　　任何的人、事、物都有不同的觀察面向，每一個觀察者都又有自己的洞見與不見。以物品來說，我們會有不同的觀看角度，這是物理的限制；以人與事來說，我們只能從自己的角度去判斷與思索，這是生命的侷限。

　　假設現在有一個事件：

　　有一對少女是好友，我們姑且暫稱為甲和乙，兩人考上的同一所大學，於是兩人相約一起租屋住在學校附近的宿舍。一日，其中一女孩甲帶著她的男友回宿舍，另一名少女乙正好未出門。由於女孩甲一時有事離開客廳，因此留下她的男友和好友共處一室。不久之後，女孩甲卻聽到客廳傳來了巴掌聲和吵架聲。女孩甲一問之下，原來是少女乙說男孩對她性騷擾，男孩則辯稱女孩是過度防衛。於是兩人告上了法庭，少女乙控告男孩騷擾，男孩則反告女孩毀謗，最後交由法官決議。而女孩甲則因未目睹整件事情經過，不知要相信誰。

　　若將這個事件提升為一部小說，由不同的人來說這則故事，則會產生不同的觀點以及效果。若選擇以少女乙為敘事者，她可能會認為男性是不可信賴的，竟連女友的好友都要欺負，產生恐懼男性的心理；若選擇以男孩為敘事者，他可能說明女孩穿著本來就較為清涼，他只是幫她撿拾物品時靠得較近而已，怎知道莫名其妙的被給了一巴掌，真是無妄之災；若選擇以女孩甲為敘述者，她則擺盪在友情與愛情之間，不知道誰才是可信賴的人；若選擇以師長為敘述者，師長重視的可能是學生在外住宿的安全問題；若選擇以法官為敘述者，他可能感受到的是事件的棘手，人心的複雜。

　　同一個事件，隨著人物對事件涉入程度的多寡、個性的差異，每個人物都有不同的看法。這是因為在不同的經驗及角度下，自然有不同的觀點。也因此，敘事觀點的選擇攸關著不同的主題。如以上面的事件為例，作者若要呈現愛情與友情的兩難，則會選擇以女孩甲為敘事觀點、若要表現男性的不可信任，則會選擇少女乙為敘事觀點、若要凸顯女性的神經質、不可理喻，則會以男孩為敘事觀點。故選擇由誰來說故事，不同的敘事者會產生不同的看法，這是創作者不能不注意的。

　　小說的敘事觀點大致可分為兩大類：一是全知全能的敘事觀點、一是有限制的敘事觀點。[3]

(一)全知全能的敘事觀點

　　　全知全能的敘事觀點屬於第三人稱敘事。創作者如同上帝般控制著小說世界。敘事者可以了解事物通盤的變化，也能夠隨意進入主要人物或次要人物的內心，無所不知無所不曉。創作者可依其創作需要調度敘述，因此有較大的寫作彈性。但也要擔心因為過度的自由，難以控制場面而雜亂無章。

　　　大部分的中國古典小說採用全知全能的敘事觀點。例如唐代傳奇〈霍小玉傳〉李益因母親代訂高門婚事，而拋棄霍小玉：

3　見William Kenney，陳迺臣翻譯：《小說的分析》（臺北：成文出版社，1977），頁60-69。

　　未至家日，太夫人以與商量表妹盧氏，言約已定。太夫人素
嚴毅，生逡巡不敢辭讓，遂就禮謝，便有近期。盧亦甲族
也，嫁女於他門，聘財必以百萬爲約，不滿此數，義在不
行。生家素貧，事須求貸，便托假故，遠投親知，涉歷江、
懷，自秋及夏。生自以辜負盟約，大愆回期，寂不知聞，欲
斷期望，遙托親故，不遺漏言。玉自生逾期，數訪音信。盧
詞詭説，日日不同。博求師巫，便詢卜筮，懷憂抱恨，周歲
有餘。羸臥空閨，遂成沉疾。雖生之書題竟絕，而玉之想望
不移，賂遺親知，使通消息。

　　透過這段文字，讀者得知李益無情的藉口和想法，同時也得知霍
小玉的癡情。兩人的行動、計畫、心思，讀者都能在全知全能的觀點
下得知。使得讀者一方面因為李益的負心絕情而氣憤，一方面因為霍
小玉的癡心柔情而嘆息。

㈡有限制的敘事觀點

　　有限制的敘事觀點又可分為敘述者是主角的第一人稱敘事觀點、
以主角作為觀點人物的第三人稱單一觀點以及多重敘事觀點。

1.第一人稱敘事觀點

　　第一人稱敘事觀點乃是採用敘述者「我」來敘事。小說中的任何
場景、行動、對話等等，都是透過主角「我」的視線得知。若是事件
發生時「我」不在現場，那麼讀者便無法得知事件的發展，而有所限
制。讀者因無法知曉其他人物的心思，亦不知在「我」之外旁人的看
法，只能就有限的條件做出側面的判斷，故而也可能因此產生了懸疑
的效果。

　　另外一方面，運用「我」的敘事觀點敘述，讀者較容易對「我」
產生認同，「我」像是對讀者吐露心聲一般，告訴讀者「我」內心的
思維，甚至讀到「我」不輕易為外人道的幽閉心裡。在讀者閱讀時，

也較可能因為受到小說主角這樣坦誠的向自己訴說的影響，而產生情感上的回應。

　　例如郁達夫，其作常以私小說的型態發表，不憚以敘事人稱「我」曝露他的內心世界。短篇小說〈春風沉醉的晚上〉即寫一失業的主人翁「我」，在遭受到貧窮以及精神憂鬱所苦時，和鄰房鄰居一菸廠女工二妹的互動。

　　小說中的「我」沒有正式的職業，從事的只是零星的寫作和翻譯，平日總是在夜間工作，白天看起來則無所事事。二妹不了解「我」做些什麼事，認為「我」也是孤苦的伶仃人，常對主角付出關懷。

　　然而在一段時間之後，二妹卻一轉態度，對「我」故作冷漠，並且似乎還有生氣的意思。「我」不明白二妹的態度何以如此，讀者也陷入了猜測，摸不清楚為何原本親切的二妹會改變對主角的態度。後來隨著敘事者「我」和二妹的談話，我們才知道，原來因為「我」飽受精神疾病所苦，夜夜在街道漫走，到了早上才返家，這番舉動竟然被二妹誤認為「我」是作了盜賊才如此。

　　因為敘事者「我」的眼光是受限的，因此讀者和「我」一樣不了解二妹態度轉變的原因，這也是這一敘事觀點所產生的懸宕效果。直到後來二妹忍不住勸誡「我」勿當盜賊走上歧途，讀者才明白原來二妹對於「我」態度的轉變不是來自於對其貧窮的輕視，而是她誤認「我」在夜晚出門是去行竊。讀者終於到此刻才知道二妹的想法，一同和「我」感受到二妹友愛、光明的心理。

2. 第三人稱單一觀點

　　第三人稱單一觀點是選擇小說的一人為觀點人物，此一觀點人物可能是主角，也可能是次要人物，創作者將敘事的重心放在此一人物上。敘事者不是全知的，只知道攸關此一人物的事，故第三人稱單一觀點仍是有限制的敘事觀點。和第一人稱敘事觀點相同，都是受到單一人物觀點的侷限而視界有限。

　　為避免敘事觀點的難以掌握，創作者會使用第三人稱單一觀點將敘事重點集中於小說中一重要人物。例如王禎和在其創作《人生歌王》的序中便曾自言為求力求真實感，「個人以為單一觀點是比較好。寫起來，情節比較能集中發展，節奏容易控制。」便是為求避免全知全能敘事觀點的缺點。

　　王禎和的〈嫁妝一牛車〉主要便是以第三人稱單一觀點為主要的敘事觀點，情節集中在萬發此一人物上，讀者所閱讀的都是和萬發相關的人、萬發所知道的事。姚一葦曾指出〈嫁妝一牛車〉的姓簡的一直都是藉著耳聾的萬發的眼睛和感受所浮現出來的人物，所以小說中的他只有形象、樣子、味道，卻不具聲音。而如此寫法便是本於第三人稱單一觀點敘事而設計，因此也造成了本篇小說以視覺和嗅覺代替聲音語言的特殊效果。[4]

　　不過小說家在使用敘事觀點時，往往不拘泥於一種，而是一種以上的敘事觀點加以靈活運用。如〈嫁妝一牛車〉中也兼有第一人稱敘述觀點的意識流用法於其中：

> 在獄中每惦記著阿好和老五底日子如何打發，到很晚夕他還沒有入眠。不詳知為什麼有一次突然反悔起自己攻訐驅攆姓簡那椿事，以後他總要花一點時間指責自己在這事件上底太魯粗了一點的表現。有時又想像著簡底趁著機會又回來和阿好一寮同居。聽獄友說起做妻底可以休掉丈夫底，如若丈夫犯了監。男女平等得很真正底。也許阿好和簡底早聯合一氣將他離緣掉了！這該怎辦？照獄友們提供底，應該可以向他們索要些錢底。妻讓手出去，應該是要點錢。當初娶她，也花不少聘禮。要點錢，不為過分底。可笑！養不起老婆，還怕丟了老婆，哼！

　　這段文字的前半段使用的是第三人稱單一觀點，敘述萬發在牛車肇事之後入獄的日子。後半段進入萬發內心的意識思維，寫萬發既害怕妻子阿好趁其入監和姓簡的通姦，又憂心妻小生活無人負責，陷入兩難的矛盾。在這篇小說中，作者不時運用此種敘事方式出入萬發的內心，讓讀者能了解萬發的客觀處境外，又能由萬發的內心意識看出他在生命中的奮鬥、矛盾以及難堪。

3. 多重敘事觀點

　　多重敘事觀點是透過不同的觀點人物來觀看，讀者可輪流自不同的敘事角度來觀看事件。當選擇以一人物甲為觀點人物時，其他人物的觀點不宜進入；轉換至人物乙時，則以人物乙為觀點人物，人物甲或其他人物的觀點不宜進入，以此類推。

　　例如芥川龍之介的小說〈竹藪中〉敘述竹林中發現了一名被殺的日本武士，檢非為使（今檢察官）盤問了與案件相關的七名人士，包含樵夫、路過的僧侶、捕役、盜賊多襄丸、武士妻子的母親、武士妻子以及武士的靈魂。每一名人物都自白了對案件的證詞。不過這些告白卻各說各話，有矛盾相左之處，也因此產生到底誰才是說謊者的懸疑感。

　　另外，也有以書信體方式來呈現的多重敘事觀點，可說是多重敘事觀點的一種變體。張系國的作品〈紅孩兒〉，便是以不同的發信人寫給同一收信人高強的信件所構成。透過信件的閱讀，讀者得知收信人為一留學生，他在美參與保釣運動，又捲入保釣的左右派之爭後失蹤。如此的敘事角度因為每一人和收信人的關係各異，所知的面向有限，而呈現出不同的觀點和認識。讀者便在這不同的信件之中，拼湊出自己的判斷和想像。

　　多重敘事觀點有的第一人稱敘事也有第三人稱敘事，但一樣都是屬於有限制的敘事觀點。

五、在哪裡？── 小說中的「環境」

小說中所指的環境可以分為兩層次，一是指人物所處的時代，包含社會背景、歷史環境等等。另一是指人物所處的場景，包括人物實際生活的環境、所處的自然環境、或是較為虛幻的夢境、幻境、幻想。

文學作品本來就是人與世界互動的產物，尤其小說作品以人物為基礎，人物不能離開生活，時代、社會就是人物的舞臺。若非隋末社會混亂，群雄競起，則無〈虯髯客傳〉「風塵三俠」李靖、紅拂女及虯髯客相知相惜又分道揚鑣的故事；若非有宋徽宗時的高俅當道，則沒有《水滸傳》群雄聚義梁山泊的可能。時代環境不只是小說的底襯，也決定了人物的性格與命運，同時推動了小說的情節。如社會腐敗、小人當道是《水滸傳》的時代背景，因此有了因為蹴鞠而大獲賞識的高俅權傾一時，連帶雞犬升天的情節。其養子高衙內看上了林沖妻子，林沖之後便遭高俅設計陷害，不得已的逼上梁山落草，大時代的險惡環境改變了林沖的命運。

故小說可以幫助讀者認識社會、了解時代，或者增進讀者對於歷史的思考。而對創作者來說，時代與社會環境的設計，所隱藏的意義不僅僅在於帶著讀者去認識歷史，例如〈虯髯客傳〉小說中寫的時代雖是隋末，但是反映的是作者對唐末亂局，期待英雄賢能的渴望。在時代與小說之間的辯證關係相當複雜，讀者可以有更深層次的解讀與分析。

若社會、時代、歷史是屬於比較大的視角，人物所處的場景相對而言是較小的。沒有經驗的創作者，容易忽略對環境的描寫，而因此讓人物所處的空間模糊。只是單純的寫事件發生在「咖啡館」、「酒吧」、「森林」等，當然不會讓讀者產生印象甚至是被它所觸動。我們在看電影的時候可能被電影畫面所感動、震撼，但是創作者卻忽略了小說的場景的經營其實一樣重要，一樣可以感動人心，成為小說中有機的一部分。

例如張愛玲的〈傾城之戀〉寫白流蘇初到香港時場景環境：

> 好容易船靠了岸，她方才有機會到甲板上去看看海景。那是
> 個火辣辣的下午，望過去最觸目的便是碼頭上圍列著的巨型

廣告牌，紅的，橘紅的，粉紅的，倒映在綠油油的海水裡，一條條，一抹抹刺激性的犯沖的色素，竄上落下，在水底下廝殺得異常熱鬧。流蘇想著，在這誇張的城裡，就是栽個跟斗，只怕也比別處痛些，心裡不由得七上八下起來。

　　這是流蘇初到香港的第一眼，許許多多搶眼的巨型招牌顯出香港作為通商來往之地的熱鬧繁盛；但一具具的倒影又暗顯城市的浮華、虛偽與不踏實。白流蘇形容這是個「誇張的城」，正和其時流蘇賭上自己未來的名聲與命運，千里迢迢地從上海到香港和情場浪子范柳原見面前忐忑不安的心情相映襯。「寫景如在眼前」的寫作固然令讀者稱道，但是環境場景的寫作功用不只於此，還能夠襯托人物當時的心境。

　　再見張愛玲〈傾城之戀〉的另一段描寫：

> 到了淺水灣，他攙著她下車，指著汽車道旁鬱鬱的叢林道：「你看那種樹，是南邊的特產。英國人叫它『野火花』。」流蘇道：「是紅的麼？」柳原道：「紅！」黑夜裡，她看不出那紅色，然而她直覺地知道它是紅得不能再紅了，紅得不可收拾，一蓬蓬一蓬蓬的小花，窩在參天大樹上，壁栗剝落燃燒著，一路燒過去，把那紫藍的天也熏紅了。她仰著臉望上去。柳原道：「廣東人叫它『影樹』。你看這葉子。」葉子像鳳尾草，一陣風過，那輕纖的黑色剪影零零落落顫動著，耳邊恍惚聽見一串小小的音符，不成腔，像簷前鐵馬的叮噹。

　　這一段文字是寫白流蘇與范柳原在香港第一次散步談心的場景。在黑暗中看不清楚的花，卻能直覺的知道「紅得不能再紅」，那不只是感官所能及的描寫，也是心像的描寫。南邊的特殊植物野火花的艷紅，成為點燃即將揭開兩人愛情序幕的意象，一路燃燒的熱情，只能由兩人意會而不能言傳。流蘇要保持著大戶人家女兒含蓄的矜持，柳原一心要攻城掠地，卸

下對方的心房，彼此摸不清對方的真情實意，兩人的愛情如黑影般虛虛實實，影影綽綽，不能確實，但曖昧的情調又讓人恍恍惚惚，帶有微微的喜悅。此段場景的經營乃是隨著情節的推動而產生，介於實景和幻想之間，製造了迷離的氣氛，也點染了人物的情感。

故人物與環境的關係是辯證的、互動的，創作者所追求的不只是製造了一個讓人物存在的地方而已，環境與人物可說是相互構成，環境造就了人物，人物同時也會影響環境。

六、你也可以試著創作……

《一千零一夜》裡殘暴的國王因為貪心聽故事而不處死莎赫札德，莎赫札德在口中吐出一個又一個煙霧迷離似的故事，讓國王在靜靜的夜晚中遨遊於時而炫麗、時而悲傷、時而歡喜的故事中。在一千零一夜，他脫離了自己，忘卻了自己在俗世的權勢、地位與仇恨的心而沉醉於情節之中。我們不禁想問：為何故事有這樣的魔力？讓莎赫札德於危際用故事拯救了她的妹妹和她自己？

人們總是喜愛聽故事。

人們總是在聽了故事的開頭之後，忍不住的要問：「然後呢……」，因而掉入故事的魔法之中。

在對小說的組成要素有了一番認識之後，也許你也可以換個角度，從聽故事的人變成說故事的人。

創作可能是從你有一個很想告訴別人的情節開始延伸、也可能是自你有很想表達給別人知道的某個主題開始、創作可能是你發現了一個很吸引人的人物、也或者是從某一個迷人的環境描述而發生……。不妨試著從這些地方出發，慢慢讓小說變得完整，然後，你會發現：原來你也會寫小說。

七、延伸閱讀

1. 游喚、張鴻聲、徐華中編著，《現代小說選讀》，臺北：五南圖書出版公司，1998年。

2. 張大春，《小說稗類》，臺北：聯經出版事業公司，1998年。

3. 大衛・洛吉（David Lodge），李維拉譯，《小說的五十堂課》，臺北：木馬文化，2006年。

4. 倪采青，《變身暢銷小說家：倪采青談小說寫作技巧》，臺北：泰電電業股份有限公司，2009年。

5. 湯瑪斯・佛斯特（Tomas C. Foster），潘美岑譯，《美國文學院最受歡迎的23堂小說課》，臺北：采實文化，2014年。

6. 許榮哲，《小說課Ⅱ：偷故事的人》，臺北：國語日報，2015年。

八、練習單元

　　課文中提到E.M. Forster《小說面面觀》一書曾經解釋情節與故事的差異在於因果關係。情節的因果關係之中正容納著無限的可能、無限的故事。以下我們利用童話〈藍鬍子〉來試著創作小說，〈藍鬍子〉的故事大約如下：

　　　　從前有個富有的人，長了一臉嚇人的藍鬍子。除此之外，他還結了好幾次婚，而妻子個個都下落不明。

　　　　這次他看上他鄰居的一對漂亮女兒，希望能娶她們其中一人為妻。為了贏得芳心，他邀請鄰居以及他們的朋友們一同到他鄉下的別墅渡假一個禮拜。渡假生活熱鬧而歡樂，鄰居的小女兒開始覺得藍鬍子並不可怕，還發現他是個彬彬有禮的紳士呢，於是決定下嫁給他。

　　　　舉行婚禮之後，藍鬍子告訴妻子他要遠行去處理重要的事情，為了不讓她覺得無聊，他還教妻子邀請朋友到鄉下的別墅玩，用各式美酒佳餚招待客人。

　　　　臨走他拿了一串的鑰匙給妻子說：「這是兩個大櫥子的鑰匙……這是打開金銀餐具櫃的鑰匙……這是打開裝著錢、黃金和白銀的箱子……這把萬能鑰匙能打開所有的房間。只有這支最小的，是用來開樓下穿廊盡頭的小房間，你可以到任何房間去用任何東西，只除了這個小房間，絕對不可以進去。」

　　　　妻子送別了藍鬍子，親友們也都到她家來玩，爭相參觀她豪華的家，每個人不停的讚美女主人。然而她已經被那小房間的鑰匙弄得魂不守舍，她迫不急待的想要打開那個禁忌的房間。

　　終於，她打開了房門，一進門因為窗戶緊閉，一片黑暗什麼都看不到，等不久後她眼睛適應了黑暗，她才看到，地板上竟是沾滿凝結的血塊，倒在血漬上的，是好幾個早死去的女人屍體；而那正是藍鬍子消失的妻子們，一具具的排列在牆邊。她嚇壞了，匆匆撿起失手掉落在地上的鑰匙，關上房門，強裝鎮定。

　　當天晚上藍鬍子就回家了，隔天藍鬍子跟妻子索回鑰匙，很快的就在妻子不斷發抖的手中發現了真相。

　　「夫人，妳必須死，」他說：「而且馬上得死。」

　　就在藍鬍子用軍刀抓著他美麗妻子的頭髮，要砍下她的時候，妻子透過姐姐聯絡的哥哥們也到了──還好他們及時趕到，逮住藍鬍子，用劍殺死了他。

　　而藍鬍子的妻子則成了遺孀，得到藍鬍子的一大筆遺產。[5]

　　富有、看來文質彬彬的藍鬍子為什麼會殺掉他的妻子們？在童話中並沒有說明。然而事出必有因，請你用一個故事給予解釋。並以藍鬍子為第一人稱敘事觀點，創作一篇短篇小說。

5　改寫自安德魯・蘭格（Andrew Lang）編著、曾育慧譯：〈藍鬍子〉，《藍色童話》（臺北：商周出版，2004），頁322-328。

第四章
結構與求職自傳

普義南

導言

　　人是社會型的動物，在人際交往過程中，免不了要「自我介紹」。而將這種「自我介紹」用文字的形式表達出來，就成了「自傳式」的文體。以求職為導向的自傳，強調是自我包裝、自我推銷。本章學習重點即在於明白求職自傳之所需，分析讀者（雇主）的閱讀特性，如何在簡潔易讀、文字完美的寫作要求下，將讀者（雇主）感興趣的個人學經歷資訊一一組織起來。所謂文章結構，就是內容資訊的組成，透過本章求職自傳的練習，可以加深寫作時的問題意識，熟悉建構一份完整、資訊充足的文章。

一、充要與必要──為何要學寫求職自傳

　　在經濟成長遲緩，失業率攀升的現代，想找份安身立命的工作越來越困難。面對諸多求職競爭對手，懂得累積實力，更要懂得如何推薦自己。求職一事大致有三個環節：履歷、自傳、面試。履歷就如同公文一樣，用既定格式將你學經歷條件一一填入，沒有什麼寫作技巧可以發揮的空間，最簡單也最殘酷。如果對方要國立大學學生，你卻念了私立大學。對方要理工科畢業，你卻念了文科。對方要天秤座A血型，你生成雙子座O血型……。後面雖然是玩笑語，只是告訴你求職一事沒有什麼十拿九穩的，再優秀的人才都可能在意想不到的風險中敗退。換句話說，你求職自傳寫得再好、面試回答技巧再高超，如果在第一階段學經歷資料審查中就被對方刪掉，求職自傳、面試都無用武之地。用數理邏輯語言來解釋就是，求職是「X」，求職自傳是「A」，「A」只是「X」的充要條件而非必要條件。如果「A」成立，「X」成立。但如果「A」不成立，未必「X」不成立。

　　看到這邊你一定有點灰心喪志了，想著：「目前我就是這樣的我，既然改變不了，我為何要學寫求職自傳？學面試技巧？」錯了，就算求職自傳只是求職的充要條件，只要算得上求職條件，就是機會。如果你不想一輩子在家當啃老族，任何跟求職有關的機會都不可放過。僥天之倖，假設你履歷審查階段過了，就等於和其他求職者再次站在同一起跑點上，意即求職自傳審查階段，就是求職條件相仿的人廝殺的戰場。考驗的不再是一拍兩瞪眼的學經歷，而是你怎麼說、你怎麼介紹自己，履歷表上看不到你的人格特質、看不到你的求職積極性，你是否為抗壓性強的人？是否具正面思考？你知道這份職業在做些什麼？你是不是容易訓練而能很快進入工作狀況的人？你對這份職業有沒有認同感？會不會在公司久待，或者只是把這份工作當作下一份工作的跳板？如果僱用了你，公司會負擔怎樣的風險？諸如此類，都會在求職自傳中被雇主重新檢驗。所以你說求職自傳不重要嗎？不，求職自傳很重要，它和履歷表，一裡一外，互相搭配，組合成雇主眼中的你。至於雇主眼中的你，就是真實的你嗎？很抱歉，那不重要，或者說這不是我們這單元要討論的範圍。

二、「我是誰」 —— 自傳與求職自傳

　　人是社會型的動物，在人際交往過程中，免不了要「自我介紹」。而將這種「自我介紹」用文字的形式表達出來，就成了「自傳式」的文體。從國小到大學階段，每個人應該都寫過不少的自傳。大抵來說，人際交往中的「自我介紹」，隨著應用目的的不同，其自我闡述的著重點也不同：或者是以闡述自己的理念、理想為主，引發聽讀者的人格認同感；或者是作為重要的自我推銷工具，讓對方迅速了解、接受自己的形象表徵，以求取實質性的幫助。用第二章寫作原理四要素來檢視求職自傳寫作：

動機（WHY）　：求取工作

讀者（WHOM）：雇主

內容（WHAT）　：要寫出適合該職業的人格特質，要展現對該職場
　　　　　　　　背景的認知熟稔

方式（HOW）　：文字表達要簡潔易讀、要精確清晰、要正面積極

　　所以不要把中學向導師介紹自己的自傳，或者申請大學的自傳，直接挪用作求職自傳。就算都屬自傳，但目的不同、讀者不同，原來的結構內容、寫作策略會不適用。大家都學過陶潛的〈五柳先生傳〉：

> 先生不知何許人也，亦不詳其姓字。宅邊有五柳樹，因以爲號焉。閑靜少言，不慕榮利。好讀書，不求甚解，每有會意，便欣然忘食。性嗜酒，家貧，不能常得。親舊知其如此，或置酒而招之。造飲輒盡，期在必醉，既醉而退，曾不吝情去留。環堵蕭然，不蔽風日；短褐穿結，簞瓢屢空。——晏如也。常著文章自娛，頗示己志。忘懷得失，以此自終。贊曰：黔婁之妻有言：「不戚戚於貧賤，不汲汲於富貴。」極其言，茲若人儔乎？酣觴賦詩，以樂其志。無懷氏之民歟！葛天氏之民歟！

　　贊語部分不論，光看正文內容。如果你用雇主角度來檢視這份自傳，一定馬上淘汰他。「宅邊有五柳樹，因以為號焉」，來求職不寫本名，而寫化名、綽號？這又不是Online game。「不慕榮利」、「忘懷得失」，那你求職做什麼？一點職場積極性都沒有。「好讀書，不求甚解」，我不要一個得過且過、敷衍了事的員工。「既醉而退，曾不吝情去留」，別人請你喝酒，連一聲謝謝都不說，離開也不講，人際溝通上有很大的問題。這裡當然是玩笑話，因為〈五柳先生傳〉本來就不是用作求職上，陶潛用第三人稱的方式來介紹自己，目的是要展示自己的「真實面」，展現一種不苟合於世、不矯揉做作，獨特的人生姿態。如果是求職自傳，就不需要這麼「真實」了。改了那麼多年大學生寫的求職自傳，有些學生的「真實」，真的、實在令人哭笑不得。

　　「嗨，你好，我叫○○○。因爲我長得比較高，朋友都叫我

『落咖』（臺語長腳之意）。」

「我從小好動，一直以為屁股後方有根針似的，在同一個地方都坐不久。」

「我曾在餐飲服務業工讀，學到顧客至上，但有少數客人都是無賴，面具要戴一整天，很容易厭倦。」

　　如果我是雇主，知道「你是誰」很重要。但求職的你，不需要把所有「真實」都向雇主交代。也許你會問：「老師，那我到底該寫什麼？我本來就是這樣的人，難道要我騙人造假？」回答這個問題前，我們先來看看古人寫的另一篇「自傳」。西漢東方朔的〈自贊〉：

　　臣朔少失父母，長養兄嫂。年十三學書，三冬文史足用。十五學擊劍，十六學《詩》《書》，誦二十二萬言。十九學《孫吳兵法》，戰陣之具，鉦鼓之教，亦誦二十二萬言。凡臣朔固已誦四十四萬言；又常服子路之言。臣朔年二十二，長九尺三寸，目若懸珠，齒若編貝；勇若孟賁，捷若慶忌；廉若鮑叔，信若尾生。若此，可以 為天子大臣矣。臣朔昧死再拜以聞。

　　東方朔（161-93BC）這篇〈自傳〉，是向漢武帝求職，職項就是文末出現的「天子大臣」。東方朔一生著述甚豐，寫過《答客難》、《非有先生論》、《封泰山》、《責和氏璧》、《試子詩》等，是西漢著名的文學家，個性詼諧幽默，常常用玩笑話的方式，委婉地勸諫漢武帝。《史記》將他收入《滑稽列傳》，認為他是「滑稽之雄」。但你看他二十二歲時寫的這篇自傳，有說他很會寫文章嗎？有說他很會說笑話嗎？完全沒有。〈自贊〉只寫他會認字、會背書，學了儒家經典《詩經》、《尚書》，也會擊劍與兵法。這些就是真實的「東方朔」嗎？是，也不完全

是，為什麼呢？這些只是他想讓漢武帝知道的「東方朔」。換句話說，這些都是東方朔選擇過後的個人資訊。因為漢武帝想獨尊儒術；想跟外患匈奴決戰；苦惱先秦典籍被秦始皇、項羽焚書後，找不到可供施政的參考的資料。所以東方朔只挑雇主（漢武帝）感興趣的部分，來介紹自己。

　　你了解了嗎？求職自傳不是要你造假，而是要你選擇性地介紹自己。是為了潛在的雇主而寫作，只談他們需要曉得的資訊即可。比如你平常最愛就是看漫畫、打電動，但其實你「偶而」也會翻些文學、科普書籍來看，也會嘗試性畫圖、做菜、寫作，甚至看外國電影訓練外文。所以你求職自傳中介紹自己時，不寫漫畫電動部分，而說平日興趣是文學、閱讀、烹飪、外語溝通，這樣有錯嗎？沒有錯啊，因為那些都是你興趣之一，只是並非「最」感興趣的。假設求職是寫作動機，那就等同文章軸心，自傳中任何資料都不能偏離軸心所劃出的軌道。所以求職自傳的「你」，是有限的「你」，是潛在雇主會感興趣的「你」，不是要你造假，而是要你懂得選擇、懂得包裝。

三、「讀者是誰」── 求職自傳的撰寫要點
㈠知彼知彼，百戰不殆

　　前些年還沒在大學專任時，有位高三學生寫了大學推甄自傳，想要申請俄文系，請我幫忙修改。這位學生曾拿過縣級作文比賽名次，但事實證明很會寫文章，未必很會寫求職自傳。比如他寫的最後一段：

　　　所謂「吃得苦中苦，方為人上人」，對於「俄文」我有信心來迎接它的來臨，好好的把它學得更好。我的想法是：對於一件事情，要做得好，學得精確，一定要精誠專一，才可達到目的，害怕它的人而沒有去做，那永遠沒有成功的機會。我相信每個人都是有潛能的，不要輕易地放棄機會，一定要好好把握利於自己的機會，朝自己的目標，志願去邁進，才

　　會有成功的一天，是屬於自己的天空，人類應該要有夢想，及希望而偉大，對事情更用心專一，多加磨練，會使自己更充實，更有見識。

　　看得出來文章問題在哪呢？你一定覺得他文筆不錯啊！既流暢又能展現出積極的人生態度。但請問「俄文（系）」放在哪裡呢？通篇只出現一次，換句話說這「俄文（系）」兩個字，替換成「化學」、「保險」、「歷史」，還真是萬用、無所不能。問題就在這邊，他的自傳寫得太空泛了，雇主想知道的你不寫（或寫不出來），雇主不想知道或略知即可的資訊，你卻長篇大論、漫無邊際。所果我是俄文系的審查老師，我一定會想知道現階段的你對俄文系了解多少？俄文系學些什麼？俄文系的前景是什麼？俄文系對你人生目標的實踐有何意義？敝校俄文系比起他校俄文系有何不同？為何你要選擇敝校來念？「讀者是誰」，這是寫求職自傳關鍵所在。

　　前「遠流智慧財國際公司」總經理、「恆星創意公司」創意總監的潘恆旭曾建議求職者：「設身處地，以化身新職的口吻說話。不等被錄取，你就得展現對新職的熟稔跟清晰，包括對公司背景、歷來活動、企業形象、新職展望等，穿插在履歷文中，表現你的有備而來。」又說：「我在寫每封求職履歷前，都會先蒐集對方資料，務求履歷表寄出，讓對方覺得我是自己人，不是外行人，當你的主試官覺得你是自己人時，你應該已經錄取一半了。」要投身職場，了解最新的產業、企業、商業動態、人才需要，及技術資訊，是必須而重要的，那麼如何獲得最新的資訊呢？例如：書報雜誌廣告、大眾傳播媒體、網路人力公司、就業輔導中心、人才仲介公司、就業博覽會、校園徵才活動等等，都是提供就業資訊的重要管道。事先了解將應徵公司的特質，以及應徵職的屬性，同時根據所蒐集的公司資料，為自己和應徵機構量身訂做一份合適的求職自傳，在精練的敘述中，突顯個人的優勢與長處。如：徵才機構的特質背景、徵才機構的企業形象、徵才機構的歷來活動、應徵職務的屬性、對新職人才的要求等，都是

必須事先蒐集的資料。《孫子兵法‧謀攻篇》云：「知彼知彼，百戰不殆。」需知職場如戰場，你想要提高你應徵成功的可能性，就要比其他求職者作出更完善的準備。

㈡推銷自己：求職自傳內容要點

在求職的大前提下，了解你的雇主想知道些什麼，然後挑出你的經歷中雇主可能最感興趣的部分去強調、去發揮，這就是求職自傳寫得好的不二法門。所以求職自傳內容要寫什麼，可能會因公司性質、職項特色而有所不同。以應徵大學教職而言，我今天如果要應徵教育型大學、應徵通識科目老師，我一定要強調教學方面的經驗感想。如果要應徵學術性大學、專業系科目老師，則教學方面少談些，而要強調的是發表過哪些登錄在一級期刊的論文、申請到過那些科技部的專案計畫，或者未來學術計畫是什麼。這方面變數太太，你只能掌握我們這單元所教的基本寫作觀念，將來臨機應變，寫出最適合的求職自傳。如果我們把變動因素降到最低，一份四平八穩、出錯率最低的求職自傳，大概要包含以下四個項目：

1. 成長背景與課業表現（字數建議100-150字）

你出生何處？什麼學校畢業？學業成績如何？這些履歷表上都有著明。但寫在履歷表的資訊是死的，是不可變動的。但在求職自傳中的資訊卻是活的，是可以無限發揮。所以在履歷表填過的成長背景、課業表現，在求職自傳的首段，還是要寫。但資料重複，不需要寫太多，要有所擷擇。比如雇主從履歷表中知道你家裡有幾個人，但誰對你影響最大？這位家人跟你應徵這份工作有何啟蒙關係？雇主知道你數學成績很好，但數學對你的意義何在？你在課業某項目的優異表現，是否可以轉化成為工作的優勢？讓這些客觀的資訊跟求職產生關聯，讓雇主再一次認識你。

2. 人際經營與工作經驗（字數建議150-200字）

職場講求團隊合作，而非單打獨鬥。所以就算你課業成績再優異，雇主還是會檢視你的人際經營以及有無類似的工作經驗、在過往工作經驗中你學到些什麼。所以這部分的重要性，是超過前段成長背景與課業表現。以即將畢業的大學生而言，班級幹部、社團幹部、活動參與，都是可以寫入的。或者曾經利用課餘時間，擔任過正職或兼職的工作經驗。一樣這些幹部、工作經驗，可能都寫在履歷表上了，但我們這裡還是要強調其「意義」，強調它們與職項的關聯性。如果不明白這點，這些經驗再多都是浪費的，比如寫成：「我曾在全家、萊爾富、熱到家、康是美、蓋酷家族、各大補習班等地方打工，我認識了裡面許多人，也覺得裡面工作很辛苦」、「工作經驗豐富，在協助家中店面買賣中學會了如何忍耐上司的無理要求，在便利商店中學會如何記香菸品牌，在餐飲店學會如何應對客人以及快、狠、準的洗盤技巧」。經驗是死的，意義是你創造的，這兩段的寫作重點，我常跟學生說就是三句話：「是什麼？做什麼？收穫是什麼？」重要是第三句的「收穫是什麼」，如果你在過往經驗中所得的收穫，是片面膚淺的、是無具意義的，等同把你的優勢變成劣勢，是最笨的寫作。

3. 職項認知與興趣專長（字數建議150-200字）

職項就是職業項目，前面兩段強調的是「過去的你」，這段強調是「未來的你」。就如前節所言，要知彼知己，你要應徵這份職業，但你對這份職業了解多少？目前社會怎麼看待這份職業？所有針對這份職業所蒐集到的資料，要在這段發揮出來，讓人覺得你是內行人，你可以很快進入工作狀況。但對大部分學生而言，這些「內行話」是最難寫的，如果寫不長、寫不多，不妨可以加入興趣專長部分，增加第三段文字份量。興趣專長，就是讀書工作之外的你，會把心力放在什麼事物之上，但絕對不是要你掏心掏腹、跟雇主坦白一切，而是要巧妙地拿「興趣專長」去彌補「職項認知」的不足。假設你要應徵廚師，你就說平日興趣在烹飪。要應徵編輯，你就說平日興趣在閱讀、

在與人溝通。要應徵外商，就說平日興趣在學習外文。就跟東方朔強調自己愛擊劍、懂兵法一樣，你要聰明地選擇有利求職的部分來寫。

4. **自我期許與生涯規劃（字數建議100-150字）**

　　從前面三段，你的人格特質或專業認知，你是否是具正面思考的人、態度積極的人、學習能力很強的人，這些訊息雇主大概都可以從你文字敘述中得知。所以最後一段，建議不要囉嗦，用很精簡的話，說出你對這份工作的願景，這份工作在你人生規劃中有何重要性。為何要寫這個？因為要讓雇主知道，你在這份工作得到不只是份薪水，更是某種自我完成的過程、關鍵，比如有同學要應徵投資顧問，寫到：「我希望可以用專業的能力，謙卑的態度，去幫助每一個信任我的人。可以讓他們每一筆投資，創造一次新的機會，滿載而歸。」如果我是雇主，我會很放心讓你進入公司，因為有比薪水更大的誘因或動力，使你為這份工作付出，可以在這份工作上安身立命，不會輕易放棄或跳槽。也會從這項的敘述中，推測你是否具有潛力，考量你的生涯規劃，對於公司未來的發展趨勢是否合宜。

　　以上四個要點，在具體操作時，段落都可以技巧性地加以分合、組織，在500字到700字之間，大約是一張A4紙張範圍，清晰有條理地呈顯給雇主。可參閱下節求職自傳結構示例。除此之外，有些資訊是不可以放入求職自傳的，舉學生作業之例：

1. **離題、瑣碎的資訊**

　　「我是○○○於西元1985年8月25日生，O型處女座，喜好逛街、聽音樂、看課外讀物，或出外郊遊，個性介於活潑和內向之間的中間地帶。」

2. **負面、消極的資訊**

　　「爸媽總對我抱著期望，至高中時我也都給他們滿意且欣慰的表現，但在大學聯招時，卻失利了，而進入重考的生

活。」

「記得國中時期，年輕不懂事，成天鬼混鬼混的，幸好及時回頭為自己打算，在最後一年裡力爭上游。」

3. 諷刺、批評的資訊

「原來會計系並不用艱難的運算，而是耐心、細心、專心的關卡，這也使得當其他大學生正在徹夜狂歡，而我們卻是在埋頭苦讀。」

「暑假曾在補習班打工過，在工作中體會到：一分錢，一分貨。IQ不夠，沒得救。」

「生長在健全幸福的家庭，但說起來姐姐是家中影響我最深的人。因為我常常被她欺壓，造就我悲劇性的大腦思考模式，可以把所有事情戲劇化、合理化，讓我想朝編劇發展。」

4. 欺騙、造假的資訊

「興趣有三個：一是打爆坦克車；二是當別人家裡小孩的父親；三是取回方塊。」

「其實我更愛扶老太太過馬路，遇到國定假日還會多扶幾次呢！幫助別人的感覺真讚！」

尤其是第四項，求職自傳是選擇性推銷自己，絕不可以為了工作，而去謊報學歷、證照、工作經驗，在資訊發達的現在社會，雇主很容易就可以查到你是否造假。如果被貼上履歷造假的標籤，未來什麼工作都很難找到了。

(三)魔鬼藏在細節裡——求職自傳文字要求

職場就是戰場，今天如果你課堂報告寫錯了，老師可能會讓你補交。今天你公文、新聞、論文寫了錯字，頂多再道歉訂正。但如果

今天你求職自傳寫成：「從此發現自己對醫療檢驗的性趣」、「我希望能更精盡自己，全力以赴」，那就完蛋了。不是雇主不知道那是筆誤，而是這個筆誤的本身，就代表你是個寫完自傳都不檢查，態度輕率，甚至語文表達都有缺陷的人。怎麼能夠信任你，把工作交給你。一個錯字，可能就會毀了你的大好前程。所以就求職自傳而言，細節決定一切，要力求完美無誤，別讓自己留下遺憾。總體來說，一封成功的求職（應考）自傳，應以文字完美、整潔、易讀以及組織妥貼的面貌呈現。

因此從消極修辭層面來檢查求職自傳，要避免以下錯誤：

1. 錯字、誤用字詞

錯字見上段之例。誤字方面，比如你可以寫處事「圓融」，不能寫處事「圓滑」，因為「圓滑」是負面意義的。

2. 簡體字、簡稱

簡體字或讓人誤讀，建議不要出現在自傳中。非正式的簡稱，比如臺灣大學、臺北大學，都可以簡稱「臺大」，類似的簡稱要避免出現，減少誤讀的可能。

3. 不恰當的口語

求職自傳以平實典雅的書面語為主，要避免寫作口語化，導致誤讀或歧義，或給人輕挑不莊重的印象，比如：

> 「我希望用英文作為我這一生『吃飯』的工具。」
> 「我這個人很好相處，容易和大家『打』成一片」
> 「個人知識要夠，個人『門面』也很重要。」
> 「我從小成績就是『頂呱呱』。」

4. 多餘的句末語助詞

求職自傳的語氣要肯定嚴肅，不要加上「啊」、「吧」、「嗎」，寫些沒有必要的呼告或疑問語句。

5. 不洽當的應酬語或威脅

求職自傳不是書信，不洽當的應酬語要省略，比如「嗨，我是○○○」、「請您一定要給我這個機會」、「敬祝身體健康、萬事如意」。更不可以用威脅口吻，比如：「最後，我叫○○○，請你記住這個名字，我希望為您效力，假設您在其他機構聽到我的成就，那您一定會後悔今天所做的決定。謝謝。」

從積極修辭角度上，一份好的求職自傳，還要注意以下幾點：

1. 文字簡潔易讀

應徵人數眾多，雇主不會花太多時間去看每份求職自傳，所以不要過度包裝文字。寫作時要用短句，不要長句。段落長短要適當，不要一段寫得很長，讓閱讀者集中力渙散。每段都要有重點，簡介學經歷時，掌握三句原則：「是什麼？做什麼？收穫是什麼？」不要拉拉雜雜，過度引申。

2. 版面整齊清潔

版面要跟內容一樣完美，如用電腦打字，要編排整齊，每行文字長短要左右對齊，力求工整。如更正錯字，要重新列印一份，切勿用修改液塗塗抹抹。紙張上不要汙損或列印不清，外觀最好清晰雅淨，字間行距適當易讀，使主事者閱讀不致太費眼力。打好草稿，繕寫工整，即使要一稿多投，也不可寄發影印的手抄本自傳。若用列印方式於文末不要忘了親筆簽名，為了尊重應徵機構，即使由電腦製作，也應用電腦直接印出，不可用影印本。每封寄出的求職性都應保留一份副本，以供日後面試時參考。

3. 用語平實典雅

自傳的目的在於自我推薦，不可過於謙卑而顯得沒有自信，也不可以過分誇耀，無法取信於人，遣詞用語盡可能平實，較易獲得信任。

4. 創意新穎別緻

新穎、充滿現代感的觀念，是吸引雇主欣賞的條件之一，利用不同的小標題，也可讓人耳目一新，使自己在眾多求職者中更顯突出。

四、「我問你答」——求職自傳的結構示例

結構，就是內容的組成。很多人知道求職自傳的寫作原則，但常常寫到一半就不知道怎麼繼續。為了加深學生對求職自傳的印象，在具體操作前，我會虛擬雇主的口吻，設計十個問題來問寫作者，這十個問題與前節所談求職自傳內容，可搭配如下。問題回答的洽當，就可以把相關答案，組織成小段，然後再完成整篇求職自傳。最後分享此練習題目，與學生答案示例，提供教學者與寫作者參考。

成長經驗與課業表現 → 對應Q2、Q3
人際經營與工作經驗 → 對應Q4、Q5
職項認知與興趣專長 → 對應Q6、Q7
自我期許與生涯規劃 → 對應Q8、Q9、Q10

Q1、請問你未來畢業最想從事的工作為何？
Q2、請簡述你的家庭狀況與成長環境。你認為自己所成長的環境有何特色？或者家中成員之中，誰對你的影響最大？為什麼？

> 　　家父曾任國大代表，他關心社會弱勢族群，對服務充滿熱忱，也充滿正義感。總是希望能用自己的一點力量，讓這社會更祥和、更進步。我的童年總是跟隨父親出遊或拜訪，接觸各式各樣的人群，這讓我懂得互助、服務，也期許自己能為社會盡一份心力。（應徵社工）

> 　　國小以前我由奶奶撫養長大，她是給我最多支持的人。但是奶奶年紀大了飽受病痛所苦，我希望能夠從事藥物研發，希望將來能減輕服藥的副作用，讓像奶奶一樣的老年人不受病痛折磨。（應徵藥物研發員）

Q3、請簡述你中學至今的求學過程。在求學期間你最擅長的學科為何？最感興趣的學科為何？【如果學業上有特殊榮譽成績，或曾參與各種研習課程、學術活動可於此處扼要說明。】

　　　　大學選修表演藝術，在課堂中我認識不同的表演型態，也嘗試站在講臺前讀劇。有了這些經驗，讓我更了解自己該如何進行聲音的轉換。劇本或故事也幫助體會各種複雜的情感，堅定我成為一名歌手的信念。（應徵歌手）

　　　　高中就讀桃園的戲劇學校。在校積極參與活動主持、演出或司儀，曾得過縣政府的相聲特演獎，亦連續兩屆校內歌唱奪冠。最喜愛的科目是中文，如同肢體可以傳遞情感，我覺得文字亦是最直接的表現。（應徵文字工作）

Q4、請簡述你求學期間的參與社團或擔任幹部的經驗。這些經驗對你來說有何心得或收穫？

　　　　求學期間我擔任過班長、學藝及化研社社長等幹部。在擔任幹部的過程中，學習到如何建立起自己的信心，以及別人對你的信任，是非常重要的。因為如此才能讓一個團體順暢地運作。當一個團體中的夥伴都能互相幫助、合作。這個團體就能進步。

　　　　除了擔任班級學藝股長，亦曾參與過Flash動畫社、康輔社、POP海報社。這些經驗讓我在求學期間，不斷接觸美術工作，能結合課堂所學，將自我創作理念實際運用出來。

　　　　五專時參加了羽球社，並擔任當期副活動長與副總務，在社團期間舉辦了數場校內外的比賽以及服務活動。其中

「第一屆文藻盃──南區校聯誼比賽」，獲得了教育部大專體育組織補助。這些經驗讓我學習到合作、有效率規劃安排的能力。

Q5、請問你曾有專職工作或者暑期工讀、課餘打工的經驗嗎？這些經驗對你來說有何心得或收穫？

　　在餐廳工作，讓我了解到組織運作與營業方法；在藥妝店工作，讓我學習到流行消費與基礎醫藥知識；在補習班工作，讓我訓練流利地應對口條與行銷手法。

　　在臺北圓山海霸王擔任外場服務員，從中習得親切待人，及耐心認真、有效率的做事態度；在愛迪美語補習班擔任美語助教，從中習得與人溝通互動的技巧；在私人企業擔任行政助理，從中習得重視效率、商譽信用的職場文化。

　　曾在餐廳及學校圖書館遠距組打工。身為服務人員，體會服務性工作的辛勞，也更能設身處地為人著想，明白當人有需求時無助與急迫的心情。學會要更有耐心，且快速解決問題的能力。

　　曾在屏科大獸醫系所開設的動物醫院工讀，做PCR、電泳分析、膠蟲凝集分析與血漿生化檢驗。自此我對醫學生化檢驗學習上產生極大動力，更想深入明白學科背後相關原理。

　　我曾經在7-11便利商店與麥當勞工讀，在工作期間，遇過彬彬有禮的客人，也曾遇過蠻橫無禮的客人，這時就是練習個人EQ的機會。有時雖因此感到沮喪、難過，但我不服

輸的性格，推使著我向上前進。不需要爲了少數的人，而抹煞掉服務的熱情。「寬恕」也是種智慧的表現。

Q6、針對你未來想要從事的職業，你認為該職業最需要的專業技能為何？請簡述你既有或者將來進入職場前首要培養的專長或認證。【包括語文能力（說、聽、寫），職務技術能力（如：電腦、打字），專業認證資格（專業執照）等。】

　　我認爲身爲一位行銷企劃專員，必須具備良好的語言溝通能力，充滿熱情與創意，並洞悉社會趨勢及消費者心裡。而我具備優異的英語聽、說、讀、寫能力，並曾在TOEIC考試中獲得745分。

　　作爲一名地勤人員，必須具備同理心和專業溝通技能。除了中文，我同時具備優異的英文、日文能力，曾在英文TOEIC考試中獲得750分，並通過日文第三級檢定。相信這些外語能力，可以讓我更勝任地勤人員的工作。

Q7、列出一個真正讓你樂在其中的嗜好或興趣。從事這項嗜好或興趣對你來說有何心得或收穫？

　　我對於學習外國語文很有興趣，目前日文檢定二級、英文托福達650分，在學習日文和英文的過程中，開拓了我的視野，並能結交到許多外籍友人，讓我吸收到許多不同領域的知識。（應徵外商業務）

　　照顧小動物最讓我樂在其中，寵物的幸福就是我的幸福。爲了讓寵物們有快樂的生活，我會找資料了解其習性，想辦法解決牠們的問題。從照顧牠們之中培養站在他人角度

想事情的能力。（應徵寵物店店員）

　　和小朋友玩樂，讓他們開心展露笑顏，是我最大的樂趣。它使我知道如何傳遞歡樂給大家，讓生活更多彩多姿。（應徵幼稚園老師）

Q8、請用一句話或一句格言說明你待人處世的原則。

　　教育無他，爲愛與榜樣。（應徵中學教師）
　　愛既完全，就把懼怕挪去。在愛中，所有的一切都將成爲祝福。（應徵心理諮商師）
　　用寬廣的心看待事情，用謙虛的心接待別人。
　　麥克喬丹：「我可以接受失敗，但我不能接受不去嘗試。」
　　投入才會深入，付出才會傑出。

Q9、在現今社會或生活週遭中哪些人的成就是你所欽敬、羨慕的？你認為他們有何人格特質值得你去學習與效法的？

　　作家J.K羅琳，她能在人生最艱苦時不放棄她的寫作夢，而苦盡甘來，現在她的書已無人不知，無人不曉了。（應徵小說編輯）

　　茱莉亞・查爾德（Julia Child），她是第一位敢批評最具權威的餐飲學校——法國藍帶餐飲學院的廚師，她的自傳也被拍成電影《美味關係》。我覺得最值得學習的是，她那不屈服於權威的勇氣，和努力不懈的精神，期許自己能像她一樣，一輩子都在學習。（應徵廚師）

日本漫畫家井上雄彥，他以嚴謹的方式創作，在構思階段四處取材，直到創作材料完整才會開始創作。並將哲學題材引入漫畫中，以高超技巧去表現抽象內容。他傑出的能力受到大家肯定，參展不斷。我從他對於作品的負責任態度中學到很多。（應徵平面設計師）

Q10、你的人生理想是什麼？你認為如何能夠透過將來所欲從事的職業去完成它？

我希望透過影像拍攝，讓社會能夠關心次文化以及尊重每一個人。藉由影像的公開呈顯，讓更多人能夠看到社會幽暗、被忽略的角落，從影像敘事中激勵人心，帶給閱聽者生活動力，讓大家學會彼此關懷與尊重。（應徵攝影師）

我想透過戰地記者的工作，讓大家都可以看到世界每個角落正在發生的事的真實面。當戰爭發生時，大家不只是在電視前看一場與自己無關的戲，而是要深刻感受到它的殘忍與痛苦，以及背後醜陋的目的，或另一個國家的觀點。（應徵戰地記者）

想透過報社編輯的工作，將眼睛所看到的寫成一本書，不以主觀批評歷史發展，而有客觀精神去探究。藉由文字彰顯大眾不知道的事，用最淺顯易懂的方式服務讀者。（應徵報社編輯）

想透過動物醫院助理的工作，讓收容所的動物們不再被安樂死，可以跟人們和平相處，人們看到流浪貓狗不再害怕靠近，擔心是否有傳染病。（應徵動物醫院助理）

五、附錄

㈠求職自傳範例一

求職項目：電子商務技術主管

　　從小屬單親家庭，母親在外地工作，間接培養我獨立自主的性格，家庭教育注重品格發展，時時反求諸己；母親也積極栽培我修習珠心算、英文、繪畫、電腦等技能，激發了我日後對數學及電腦方面的興趣。求學期間，我最感興趣的科目為數學與電腦，中學時期曾代表學校參與奧林匹亞數學競賽，亦曾與同學一起組隊參與學校的電腦網頁競賽，榮獲佳作；另外，也進修過拆解主機硬體的課程。對數學的興趣使我培養良好的獨立思考與邏輯能力；與同學們組隊參與電腦競賽，讓我學習到團隊分工的重要。

　　中學時期因品行優良，被薦舉為學校自治社的社員，維護校園秩序及學生們的服裝儀容。紀律的要求及作為學生的榜樣，使我更加注重自身的品德與儀態，以身作則維護端莊的校風。參與口琴社亦增強我對音樂欣賞的感受，並培養優雅的氣質。而和別校同學共同舉辦口琴營，讓我體驗到辦活動種種流程的辛苦，以及學習到不同的處理模式與相互溝通的技巧，並讓我發揮領導能力，帶領營隊成員享受體驗美好的營隊。養成儲蓄的好習慣之外，我還利用課餘之際去尋求打工機會。在家教班打工的經驗，提升了我的表達能力，也磨練我的耐心，學習到並非一味地解答，而是要幫助學生擁有獨立思考能力及培養他們勇於發問的心態，令他們採取主動式的學習方式；在麵包店打工的經驗，訓練我面對陌生人的勇氣，學習到以客為尊的觀念，並懂得以高EQ的心態，真誠自然地應對客人。

　　應徵電子商務技術主管，必須擁有的電腦專長不外乎辦公室軟體應用（office及中英打字）、作業系統、程式設計、電子商務、

資料庫應用以及網頁技術等證照。目前我在學校所修習過的有辦公室軟體應用、windows作業系統、程式設計C++、Fortran、VB等、以及資料庫應用和網頁HTML、XML的課程，都得到相當不錯的成績；我目前擁有的證照有中文輸入專業級證照（一分鐘八十字）、英文輸入實用級證照（一分鐘十六字）、電子商務概論專業級證照。在電腦網路專業領域方面我還會持續進修，增強專業知識。閱讀廣泛書籍培養我多元化思考模式，並在讀書會中聆聽各種不同的想法與意見，有自己的看法也能包容、尊重其他人的想法。『書中自有黃金屋』，從書裡面可以汲取前人的經驗，甚至從中頓悟人生道理，開闊自己的視野，也能激發出自己的獨創力。

　　『精益求精，能者多勞』是母親從小的諄諄教誨，我一直銘記在心，並努力實踐。GOOGLE創辦人Larry Page和Sergey Brin是我所欽羨的人，他們不僅擁有聰明的頭腦，而且腳踏實地，並將自己從小的興趣變成專業，過程中不斷增加專業知識與創新思考，而後造福網路人群，GOOGLE的整合使人們使用網路更加便利且無廣告負擔。我希望往後在我自己的專業領域上，與同事建立良好關係，教學相長，能夠將自己所累積的知識與實力，運用在科技上，使世界各國的人能透過科技更縮小彼此的距離，提供人們更強的便利性，完成世界地球村的最終夢想。透過電子商務化不斷地創新，與世界電腦網路的結合，相信能成就更完美便利的世界。

㈡求職自傳範例二

應徵職務：人事行政助理

　　自小雙親離異，與父親、姑姑、奶奶和妹妹同住，身為長女的我，照顧妹妹讓父親放心工作，使我更加獨立，且對事、對物養成認真、負責任的態度。姑姑是一位作文教師，常在她身旁作小秘

書，整理文件，從中對事物的價值觀也得到許多正面、有益的觀點及分析事情的判斷標準。

自小對文書方面、語文感到興趣，曾擔任多項藝文類科小老師，包括負責班級事務的總務、管理秩序的風紀等股長。積極參與各項語文類科競賽，其中，朗讀比賽榮獲校際第二名，班級佈置美化環境競賽校際第一名，作文比賽校際第一名，英語話劇、歌唱大賽第一名，小論文發表等皆獲得佳績。擔任童軍社社團重要成員，在此學習自律、團結的精神。擔任廣電社社團全校性幹部司儀，學習到講稿的編排、口齒語氣的清晰及儀態的專業培訓。

曾於臺北圓山海霸王擔任外場服務員，從中習得親切待人，及耐心認真、有效率的做事態度；在補習班擔任助教，從中習得與人溝通互動的技巧；在私人企業擔任行政助理，從中習得重視效率、商譽信用的職場文化。具有Microsoft Office應用之技能，微軟新注音打字一分鐘六十字至八十字；中、英、臺語，聽、說、讀、寫皆可；擁有汽、機車駕照；工作方面，配合度高、熱心、認真、負責、謹言慎行。

我喜歡延伸性的思考，有條理的規劃自己，機會是留給準備好的人。我的姑姑是位獨立的女性，明確的思路及處事的態度，是我所欽敬及羨慕的，所以我也將抱持著這份心意去面對這份工作。藉由這份工作，提昇自我，接觸更多新知、得到不同的視野，藉由這份工作，學習更有原則的、果斷的判斷事物的能力，並能從他人的角度出發，更加發揮自身所長、發揮自身所能帶來之效益。必定會將公司交辦的業務盡速完善達成，照顧自己及家人。

六、延伸閱讀

1. （日）川合康三著、蔡毅翻譯，《中國的自傳文學》，北京：中央編譯出版社，1999年4月。
2. 張高評著，《實用中文寫作學》，臺北：里仁書局，2004年12月。

3. （美）柯泰德（Ted Knoy）著，《有效撰寫求職英文自傳》，臺北：揚智出版社，2003年4月。

4. 國立清華大學寫作中心編著，《大學中文寫作》，新竹：國立清華大學出版社，2005年9月初版。

七、練習單元

1. 誰是大老闆 —— 假若你是公司雇主，你想對來應徵的人提出哪十個問題？
2. 試著回答「求職自傳的結構示例」十個問題，並將答案組合成500字到700字的求職自傳。

練習單一：誰是大老闆 —— 假若你是公司雇主，你想對來應徵的人提出哪十個問題？

組員（五人以內）：

公司名稱	
公司信念	
人才職缺	
應徵提問	1.
	2.
	3.
	4.
	5.
	6.
	7.
	8.
	9.
	10.

練習單二：試著回答「求職自傳的結構示例」十個問題，並將答案組合成 500字到700字的求職自傳。

第五章
修辭與廣告標語

羅雅純

導言

　　廣告是生產者和消費者之間的橋樑，而廣告標題是廣告文案中的靈魂中心，進行著溝通傳達商品訊息。所以，當前對廣告語言的解釋，視為是一種說服性的文字創作，不僅說明了廣告主透過文字傳播，對於信息接收者的全面理解，也包含預測消費者的心理狀態，以及社會趨勢的種種連繫關係。廣告文案寫作活動，含有向消費者有「訴」及所「求」的效益，在「訴求」的前提下，爭取消費對象注意，時效性越高及閱讀性提高，相顯廣告效能也就更有價值。既然，廣告標題是為了說服溝通，因此它的主要任務，無非是引人注意進而達到購買，所以語言形式的表現，以精簡文字寓涵著豐富的信息，在形式的表現上刻意別出心裁、製造懸疑、出奇新穎、精益求精，種種千錘百煉後所凝聚的文字，都是廣告人創意之展現。因此，廣告標語可謂是一門包裝藝術，這種轉化修辭的文字諾言，彷彿栩栩如生地傳遞著廣告訊息，一來強調說服效果，二來冀盼文字出奇制勝而脫穎而出，它所散發的語言魅力就是值得一再回味的文字藝術。

　　廣告語言的藝術，奧妙無窮而永無止境，其展現的修辭手法各擅一面，這也說明了語言的多樣性，存乎於創思者的運用之妙。語言所展示的豐富多元，乃源自於語言本身即是一種創意的文字創作，它不但是時尚文化的存在，也創造流行藝術，當為現代語言表達不可不探討。近來年，廣告語言的風格逐步呈現創意性，並且真實地走入我們的生活世界，甚至引領創造成為時下流行話題，這無疑的也說明了廣告通過文字話語的揉合調整，隨著時代趨勢而衍生變化，它以文字修辭美化包裝商品，帶領我們進入另一個審美藝術的文字意境。

一、廣告標題是精練語言的藝術表現

　　廣告語言，大抵而言則有廣義與狹義之分。廣義的廣告語言，泛指廣告信息編碼組合各種形式，舉凡圖案、色彩、燈光、數據、表演、文字等皆是。相對地，狹義的廣告語言，即是廣告文案，通常呈現以廣告標題、廣告語、正文、附文四部分組成，此專指有聲語言、書面語言和符號組成的信息結合體。簡言之，一則廣告文案的展現，總包括兩個主要項目：一項以「標題」（Catch Phrase）為主，以「副標題」（Sub Catch Phrase）為輔。另一則則以「內文」（Body Copy）為主要內容，而內文的大部分都是說明性或報導性的文字。[1]而「標題」的重要性又遠勝過「內文」之表現。換言之，廣告標題撰寫的創作，凡是廣告的目標、主題、創意、訴求皆需通過它來表現，所以標題的重要性，猶如作品的靈魂中心，標題若深具創意，即利於傳達廣告訊息，吸引消費者注意，進而強化廣告目的。

　　既然「標題」是廣告文案的靈魂，其作用以喚起讀者注意和興趣，進而誘導閱讀全篇廣告，因此，廣告標題在整體文案中以引人注意為首要目的，使能積極發生廣告效果。此外，標題又可區分為「主標題」與「副標題」。如果說「主標題」（Catch Phrase）是文案幕前閃亮的明星，那麼「副標題」（Sub Catch）則是幕後的功臣。如此來說，主標題在創意的表現上可變化多端而花樣百出，相顯地，副標題則具有濃縮廣告策略與詮釋廣告概念的功能，亦即是銜接主標題與文案內容的最佳橋樑，故文字呈現多簡潔扼要，借助傳播媒介，告知廣告主訴求為主要目的。然不論是「主標題」或「副標題」都是廣告對語言所作的藝術運用，所以標題的多樣性與豐富性，在今日更不啻為文字語言的創意展現。

二、創意策略決定廣告成功與否

　　在廣告的製作中，一個好的廣告取決於文案的撰寫，因此撰寫人員必須針對商品性格、消費者認知有深入的認識，如是根據主題設計文案。而

---

[1]　顏伯勤：《廣告學》（臺北：三民書局出版，1978年，9月），頁261。

這時文案展現的巧妙，即在決定「創意」（idea）與否。何謂「創意」？在哲學上是觀念，在文學上則是理念，在美術設計的規劃上則為構想、發想或創意。根據五十年代著名的文案人員詹姆士・韋伯・楊（James Webb Young）則在1944年發表了這一段話：「創意就是將舊玩意以新的方式組合起來」，這個意思正如同大腦進行運轉，將所有資訊掃描一遍，然後在有意識或無意識的情況下，將新、舊資訊以全新的形態加以整合。另外，創意名人李奧・貝納也說：「創意是一種將先前不相關聯的事物，建立起新而又有意義的關係的一種藝術。藉著這種方式，使產品能以新的形貌呈現。」[2]那麼，如何突顯廣告製作創意？根據廣告製作AIDMA法則所示：

> A是注意（attention），I是興趣（interest），D是欲望（desire），M是記憶（memory），最後一個A是行動（action），取各字的字母而組成。這個法則就是說廣告要能引起注意，並且讓商品引起消費者興趣，喚起消費者的購買欲望，加強消費者的記憶印象，促使消費者採取購買行動。[3]

從AIDMA的法則即可知，一則好廣告製作必須展現其創意，喚起消費者注意進而購買，然此法則僅是優秀廣告必要之初步，真正進一步收其實效，則必須對商品市場的情勢有完善的評估。為了掌握完善評估，廣告界根據此規約一個核對表（checklist）來衡量，此為創意策略綱領（Creative Platform），亦稱為文案策略（copy strategy）。大抵綱領的格式有許多種，歸納為五部分：

> 1. 廣告目標（Objective）
> 2. 目標視聽眾（Target audience）
> 3. 主要消費者利益或商品概念（Key consumer benefit or key

2　張佩娟、鍾岸真譯：《廣告文案》（臺北：五南圖書出版公司，1998年5月），頁102。
3　劉毅志、黃深勳、王石番、鐘有輝、陳文玲、郭文耀編著：《廣告學》（臺北：空中大學出版，1992年2月），頁248。

concept）

4. 其他的利益（Other usable benefit）

5. 創意策略陳述（Creative strategy statement）[4]

即如是，創意策略綱領（Creative Platform）以滿足廣告主所欲陳述的期望而定位，然明確評估廣告創意高下，實在沒有一定模式規範。雖然說，一則成功的廣告，可由創意與否決定是否吸引消費者，然實際上對於促使消費者長期購買商品，則並無絕對關係。這實際上，關係到商品本有品牌知名度、消費者對商品形象認知、商品與其他競爭者的差異，如何界定品牌新定位，廣告設計人員則繼「創意」獲得後，更需進一步思索如何運用文字藝術包裝使商品引起消費者注意。

三、成功的標語必須引起共鳴性

一個好的標題，除了醒目易記外，最重要的是讓消費者有感覺，產生共鳴。既然，廣告主標語是全篇文案的靈魂中心，那麼，什麼標語才能令人感到獨特？舉例說明，每年母親節前夕報章雜誌，翻開各樣的廣告媒體，廣告語不外乎：「母親的愛永恆持久，如山高水深、永難忘懷。」「母親為我們辛苦默默付出，孝順母親，就從現在開始。」然這些浮面詞句口號不免流於俗套，同樣讚誦母愛偉大，味全食品的母親節廣告就成功地令人引起共鳴：

主標：多容易的一聲「媽媽」，我卻漫漫等待奇蹟！

副標：我的孩子也是個有血有肉的人，只是陽光一直不曾照在他身上，人們在背後竊竊地喚他………。

內文：同是十月懷胎之苦，我的孩子也曾一吋一吋地長大，卻在經歷一場命數的劫難後，微笑再也不曾從他嘴角

4　羅文坤、鄭英傑編著：《廣告學 ── 策略與創意》（臺北：華泰書局出版，1994年8月），頁136。

漾出，靈慧的雙眸從此空洞茫然。我擁抱他，試圖
走進他神祕的世界！我呼喊，試圖喚醒他沉睡的心
靈。這一切彷彿永遠靜止，卻波濤洶湧地沖毀我脆
弱的心防。孩子，我淒淒切切地用一生的愛，為你
來一絲的陽光，等待你突然醒來喚我一聲「媽媽」
……。[5]

　　「多容易的一聲『媽媽』，我卻漫漫等待奇蹟！」這主標語之所令
人動容，乃是讚頌著從不放棄「智障」孩子母愛的偉大。副標及內文的刻
劃，說明了母愛淒淒切切用一生的愛等待著孩子喚聲「媽媽」。這樣的母
愛苦痛無助、絕望、掙扎又深深地期盼，早已無法只用「山高水深」、
「默默付出」來道盡炬光母親的偉大。從這個實例也可發現，一個出色的
標題必須穩合事件描述的真實性，才能使人不經意地感染共鳴，如是自能
印象深刻而過目不忘。然而，並不是每則文案設計只有這種寫法，有時為
了刻意強調商品的優越性而區分競爭市場，故在廣告文案展現上，既要維
護主標題的題旨，更要突顯自我品牌的創新獨特。這亦即是說，強調自我
品牌的獨特性，在廣告標題的設計上相當重要，成為文字策劃者最需著墨
之處，往往精心構思、嘔心瀝血，錘煉巧思，莫過乎就是為了呈現畫龍點
睛之妙！因此，善用文字創意廣告標題，不僅可為廣告效益產生渲染，更
進一步能為商品內在本質做對應加分。換言之，優秀的廣告標題除了引起
消費者共鳴性，更順利傳達廣告所訴求目標，所以文字標題設計越獨特，
其產生的廣告效果也就越大。

　　那麼，標題的設計是否有規則來制定？目前在坊間一般廣告書的教
法中，不外乎「倒敘法」、「直敘法」、「比較性」、「證言式」、「理
性」、「感性」等等口號式的方法，然不論採什麼方法展現，皆不能過分
浮誇、巔倒黑白、虛構商品，存心欺騙消費者。為此前提下，優良廣告之
規範「國際廣告協會」訂有5P之商訂：

5　楊黎鶴：《文案自動販賣機》（臺北：商業周刊股份有限公司出版，1995年5月30日），頁33。

1. Pleasure：其意義是給消費者要有愉快的感覺。
2. Progress：其意義是要顯示有首創、革新、改進。
3. Problem：其意義是列出商品或服務確實的優點，能爲消費者解決問題。
4. Promise：其意義是指內容重要信諾。
5. Potential：其意義是認爲要有潛在的推銷力量。[6]

　　要言之，優良廣告的語言藝術在符合5P的原則上，進而追求創意巧思的表達，這些創意的寫作無過乎必須滿足：提示商品定位的意義、對消費者信諾的作用以及體現真善美的價值意涵。因此，廣告語言的呈現，試圖通過文字藝術的美化，將訴求目標轉換成文字語彙的美感享受，甚而帶動時代流行話題。那麼，這些凝聚巧思的文字藝術應依從哪些原則？其實，標語創作原是天馬行空創意的活動，並沒有一定的寫作原則予以強制規範，然雖是如此，廣告標語形式上無論如何翻新變化，萬變不離其宗，所有廣告語言都是爲了傳達商品信息，刺激消費。就如同我們了解，廣告文案內容規劃，本奠基在商品的認識基礎上，進而以文字語言形式包裝，然而這一切皆不離對商品的真實認知，尤忌諱誇大不實，欺騙消費者。因此標語的設計原則，雖一方面必須兼顧文采修辭，注重形式美感，然最重要的是必須與商品穩實貼切，展現品牌的獨特優越，如是自然能引起消費者的共鳴，這才可謂是成功的標語。

四、廣告文案標題的表現依據

　　廣告文案寫作活動，含有向消費者有所「訴」及有所「求」的效益，在「訴求」的前提下，必須爭取消費者的注意。然而這注意又牽涉到廣告的時效性，換言之，時效性越高及時閱讀性也就提高，所顯得效能也就越有廣告價值。因此，爲方便雅俗共賞的普及性，文案的內容必須扣緊主旨，遣詞生動，用字醒目，並且避免冗長艱深，以利於易讀易記一目了

6　顏伯勤：《廣告學》（臺北：三民書局出版，1978年9月），頁298。

然。在廣告界受人推崇的美國廣告大師大衛・奧格威就明確說明寫作原則：

1. 要直截了當地述說要點，不要迂迴。要寫得真實，使用事實要增添魅力。
2. 不要期待受傳者會閱讀令人心煩的散文。不要怕寫長了的文本。
3. 避免引用「好像」、「似乎」等模稜兩可的詞語。要寫得像和人談話，而且是熱心和容易記憶的，如同在宴會上對著鄰座的人談話一般。
4. 在廣告文案中引用「最高級」詞語、概括性說法和重複性表現均不妥。諷刺性的筆調是推銷不出商品的，凡是有經驗的撰寫人員都不會運用諷刺的風格來撰寫文案。
5. 不要敘述商品範圍以外的事情。要利用名人或權威機構的推薦。
6. 不要引用令人心煩的詞語。若附加圖片的話，必須標注相關說明，使人一目了然。[7]

　　縱上歸納理解，作為廣告語言的表達必須具「直截而真實」、「一目了然」、「熱心和易記」、「名人權威推薦」為較佳的表達方式，而相對地，「迂迴模稜兩可」、「概括性和重複性說法」、「諷刺性的筆調」則為不宜的文字表達。因此，廣告標題的表現在引發消費者的興趣，一切文案的撰寫都圍繞商品的正面訴求，以充分展現優點為其首要目的。所以，廣告語言可謂是一門文字應用的實用藝術，必須以推銷原理為出發，撰寫出雅俗共賞、生動有趣的文案來加深印象，因而如何刺激消費者信任接受，這就決定了它表現方式上的運用以「說明文」方式為主，同時輔助多元表達形式，包括描寫、譬喻、抒情、議論等等，而這些表達無非是要

7　官建益：《廣告獨賣──成功的廣告指南》（臺北：漢湘文化出版，1997年8月），頁116-117。

加強傳播商品信息，促進銷售為目標。所以，廣告標題的構思設計，必須熟諳消費文化、接受心理為廣告定位，不僅講求用詞新穎、語言優美、淺顯易懂，還必須集中焦點直指靶心——強而有力的說服，捉住消費者的視線。對於廣告標題如此舉足輕重的地位，其表現依據有諸點方向，可資靈活運用：

㈠寓莊於諧

　　這是廣告標題中最普遍使用的一種語言藝術，這類標題以誘發消費者好奇心為首，因此在語言的形式上，多採取幽默、諧趣的語意表現，動機明確簡短扼要，寓莊於諧來強化廣告創意的感染力。如一家小吃店以標語來招攬客人，打著「請到這裡用餐吧！否則你我都要挨餓了！」既主動傳達促銷的目的，又蘊涵著對顧客的關心，語意中不但發出誠摯邀請，更生動著蘊涵調侃自嘲的言外之意，幽默俏皮而詼諧風趣。此外，另一種標題的展現，也往往將商品特性轉化成雙關意味，如舒適牌男人刮鬍刀廣告標題：「要刮別人的鬍子，先把自己的鬍子刮乾淨！」。其中「刮鬍子」一詞，不但與產品特性十分貼切，也寓有雙關語聯想，一則說明刮鬍刀商品功能，二則「刮鬍子」又寓有教訓人的意味，這則廣告標題充分發揮了文字的販賣藝術。又如黑松汽水，將廣告定位於主動關心社會現象，拍了四支廣告片，主角從小孩、年輕人到老年人，分別演出一段溫馨的小故事，主打廣告標語：「化去心中那條線！」對當時臺灣社會引起很大的共鳴。「化去心中那條線」標語的創作，源自反省當時立法院亂象，試圖破除省籍情結迷思，蘊涵深層時代意義，強調人我之間的溝通，也正面的拉近了社會的距離。

㈡突出品牌

　　突出品牌標題的創作手法，力求於表現品牌的獨特性，一則正面突出品牌，強調商品特點；二則加深消費者的印象，為品牌形象

樹立別具一格的自我風格。這樣的標題如：M&M巧克力廣告標題：「M&M巧克力，只溶你口，不溶你手。」、金莎巧克力廣告標題：「金莎巧克力凡人無法擋。」直截將商名M&M巧克力／金莎巧克力品牌運用鑲嵌美化標語，突出巧克力溶口不溶手的優點，美味得令人無法言喻，整個標題言簡意賅，品牌鮮明又易琅琅上口。這樣的廣告標題又如見：Toyota豐田汽車廣告標題：「車到山前必有路、有路就有豐田車。」廣告語善用引用、頂真及誇飾法，突顯豐田汽車的品牌形象，巧用修辭方法緊扣商品名稱，宣傳產品特色，更在無形中倡導了Toyota豐田汽車行銷世界的企業理念，不但增加廣告價值也加深了商品印象，語言簡潔易懂，對偶勻稱又深富節奏感。

㈢雙向同理

　　雙向同理標題的撰寫創意，即是掌握消費者的需求，巧用雙向的對話共鳴，以同理心將心比心，自能讓消費者如臨友善的邀請，對促銷的產品產生好感。如同：大眾商業銀行廣告標題，為爭取儲蓄存款的廣告，推出以「求人不如求己！」作為促銷標題。此標題就是奠基在消費者的心理狀態，以同理心維護「不求人借錢」的自尊，強調自力解決借錢的困擾，同時也鼓勵「積少成多」作為長期存款效益，此例正是善用雙向同理的廣告模式。這樣雙向同理模式，又可見：花旗銀行信用卡的廣告標題：「時時想到你，用心服務你！」、中國信託年度形象廣告語：「We are family！」。這類的廣告標題，運用同理的雙向交流，令人不自覺感受到服務熱誠，讓人油然而生的產生信任，自能擄獲不少消費者的心。又可見，三陽機車促銷新款車種，廣告標題推出：「周全的售後服務，使您無後顧之憂。」很顯然的，這則廣告打著優惠利益為考量前提，以告知利益為訴求，推出免費巡迴的售後服務，直截掌握了消費者喜獲優待的需求心理，再援以親切體貼的保證來打動人心，當為消費者所樂聞，可想知其廣告效益自是可見。

㈣情感訴求

　　廣告目的最終以推銷商品為目標，不論所欲傳達的理念為何，皆是希望在瞬間引起注意，它不但具有先聲奪人的功效，也是廣告的點睛之筆。而情感訴求的廣告標題表現方式，語詞使用親切自然，強調對消費者的感情訴求，以「情感」與消費者溝通，自然是最佳獲得共鳴的方式。這般感性訴求，通常以叮嚀、關懷、分享、希望為構思方向，而這樣的標題在廣告界中昭然可鑑，如麥斯威爾咖啡為促銷當時首創的咖啡禮盒，廣告標題推出：「好東西要與好朋友分享。」其廣告效益一舉成名，成為歌頌友情的經典名言，更榮獲八十三年第一屆廣告流行語「金句獎」金獎[8]。顯然，這則廣告語策略即是訴諸在情感訴求上，將禮品廣告提升到心理層次，讓人一聽就窩心。連帶著後續的一系列咖啡廣告，如雀巢咖啡廣告標題：「再忙也要和你喝杯咖啡。」、曼士德咖啡廣告標題：「生命本該浪費在美好的事物上。」也都掌握此策略原則，訴求在精神層次的分享，用溫馨包裝產品。再如，速食界泰斗麥當勞廣告標題：「麥當勞都是為你！」也是善用情感訴求來強力播打，這樣的標題設計，運用擬人對話，不經意淡化了消費者對廣告的商業意識，更創造彷彿身臨其境的親切。情感訴求的標題表現，早已在消費者心中留下深刻印象，也贏得市場競爭中長遠利益，其標語所發揮的吸引魅力功不可沒，雅俗共賞而膾炙人口，無怪乎市井里巷，老少皆知！

　　總之，廣告標題的展現方式是永無止境，既要創意新穎、獨具匠心，也要親切自然的運用文字修辭，這一切文字的創作，都是凝聚在商品特性的基礎上，才能巧妙地創寫標題，發揮創意的語言藝術，激發消費者好奇，喚起購買興趣。

8　曹銘宗：《臺灣廣告發燒語》（臺北：聯經出版，1997年8月），頁21。

五、運用語言修辭展現廣告標題的創意性

　　廣告標題語言藝術，除了創意的表現，也援藉語言的表達將文字修辭美化，如比擬、雙關、押韻、引用、回文、頂真、譬喻、鑲嵌、設問、對偶、排比、誇飾等等，這些運用修辭展現高度創意的實例，在生活中俯拾皆是：

(一)比擬

　　「比擬」是運用聯想，把一件事物特徵當作為另一事物來描寫的一種辭格方式，這方式又區分為：「擬人」與「擬物」兩類。「擬人」是擬物為人也就是物的人格化；而「擬物」是擬人為物，把人當作物來描寫。[9]這種「比擬」修辭生動活潑，運用文字傳達商品特點，也巧妙製造氣氛，增添親切感。例如：麗仕香皂的廣告語：「只有麗仕能了解我的肌膚。」即是運用「擬人」手法將香皂人性化，賦予人性感受，瞬間香皂彷彿變得栩栩如生，猶同知己般的體貼親暱，如此轉化擬人的生動性，無形中就將商品與消費者的距離解消，讓人倍感親切。這般廣告手法，又可見人人皆知的Konica軟片廣告標題就是成功運用了擬人法──「它抓得住我。」這一「抓」果真抓住年輕人的好奇心，成為時下琅琅上口的俏皮流行語。然而，根據廣告商品促銷的是軟片，原應是「照」字，但後來採用誇飾法的「抓」字，更生動地擬人化軟片的捕捉力，整個廣告語因此活潑了起來。隨之廣告片也非常成功，甚至獲得了民國七十六年金鐘獎，而這句廣告標題還因此獲得民國八十三年第一屆廣告流行語「金句獎」銅獎。一直至今，Konica軟片公司依然承續創新的廣告風格，仍不斷地推陳出新。[10]

(二)誇飾

　　「誇飾」是為了強調突出客觀事物，在現實的基礎上對某些事

9　孫全洲・劉蘭英主編：《語法與修辭》（臺北：新學識文教出版，2002年10月），頁417-418。
10　曹銘宗：《臺灣廣告發燒語》（臺北：聯經出版，1997年8月），頁21。

物的特徵作藝術的擴大或縮小，故意言過其實，這種修辭格叫「誇飾」。[11]要言之，「誇飾」在廣告上的主觀作用，就是要創造「一語驚人」的效果，為了此效果，在文字的渲染力上講求極度誇張，甚至超過客觀真實，就是為了使商品情感更為鮮明，這樣擴大誇飾的修辭表達，就是對事物作藝術上的擴大，引人注意、加深印象。如萬家香醬油廣告標題，打出：「一家烤肉萬家香。」的廣告口號，就是善用誇飾法的味覺感染，使得文字充滿張力，果然產生家喻戶曉、香味四溢的傳播效應，這句簡捷有力的廣告語，吸引了眾多婦女消費群，「一家烤肉萬家香」幾乎成為醬油的代名詞，其響亮的口號無人不知，無人不曉！

㈢譬喻

「譬喻」的方法是一種「借彼喻比」的修辭法，以此物喻他物，通常以具體事物來說明抽象精神。它的理論架構，是建立在心理學「類化作用」（Apperception）的基礎上──利用舊經驗來引起新經驗。這樣的表現手法，通常是以易知說明難知；以具體說明抽象，[12]往往帶給人一種無限的遐思感動。如同中華豆腐廣告標題：「慈母心，豆腐心。」將慈母關護子女無微不至的愛，巧妙地包裝商品豆腐特質。這廣告標語博得許多好感，就是善用溫馨感性訴求，運用修辭譬喻、對偶、對比、押韻，將「慈心」比喻如豆腐般的脆弱，直截地突顯商品特性，不斷提高了品牌自我形象，更寓意言外，柔情地牽動著所有母親的心。

㈣押韻

「押韻」在修辭上的作用，講求字音組合的和諧優美，適當的使用押韻，不僅讓字詞音調具有語音美，也可增強文字的聲調美，而這

---

11 孫全洲・劉蘭英主編：《語法與修辭》（臺北：新學識文教出版，2002年10月），頁421。
12 黃慶萱：《修辭學》（臺北：三民書局出版，2002年10月），頁321。

種方式在廣告中也常被使用。如唐‧詩仙李白《客中作》：「蘭陵美酒郁金香，玉碗盛來琥珀光。但使主人能醉客，不知何處是他鄉。」這可謂是中國最早的廣告名詩。詩中李白將蘭陵酒色、香、美、味與詩歌形式合一，「光」、「鄉」押韻，描繪淋漓盡致，押韻產生的效果，絕不止於韻腳節奏、和諧旋律，更是給予豐富的意象。如同詩中醇酒之芬芳，彷彿「郁金香」、「琥珀光」之美，令人不醉也難矣！這般在廣告標題中押韻的例子，不勝枚舉，又可見統一四季燒烤醬的廣告標題，巧用押韻和諧，推出：「四季調味，真情入味！」；愛之味麵筋：「吃麵筋，好腦筋。」前例押「味」字；後例押「筋」字，二例在修辭上皆採用對偶形式、押韻和諧，言簡意賅，音節回環應合，優美動聽，字詞平淺易懂，也易於口頭流傳。

㈤對偶

　　把字數相等，語法相似，意義相關的兩個句組、單句或語詞，一前一後，成雙成對地排列在一起，就叫「對偶」。[13]「對偶」方式的展現，其文字前後字數、結構大致相同，這類的表現形式在廣告界中也常使用。如解酒飲料「解九益」推出廣告標題：「別讓今天的應酬，成為明天的負擔。」句式工整而且寓意深刻。這廣告標語的巧妙，並不正面說明產品功能為廣告導向，而是轉以關懷層面作為促銷訴求。也就因為這柔性口號的訴求，叮嚀消費者別讓寶貴健康在應酬文化中流失，因此，在潛移默化中更無形加深了消費者的記憶，不經意地成為勸導飲酒、勿貪杯的口號，可謂是廣告標題所附帶公益價值的佳例。

㈥類疊

　　同一個字、詞、語、句，或連接，或隔離，重複地使用著，以加

13　黃慶萱：《修辭學》（臺北：三民書局出版，2002年10月），頁591。

強語氣，使講話行文具有節奏感的修辭法，叫作「類疊」。[14]就「類疊」的內容說：有單音詞（字）、複音詞（複詞）的類疊；有語句的類疊。就類疊的方式說：有連接的類疊，有隔離的類疊。[15]如：統一飲品茶裡王廣告，推出烏龍茶文化舊瓶新裝，廣告標題打著：「真烏龍，好烏龍。」從句子形式表達看來，運用類疊又押韻的手法，其文字寓意又隱含一語雙關的趣味。原來，在這廣告片的情境是公司正在開會，主管很生氣的指著逐月下滑的業績圖破口大罵，殊不知憤怒的自己卻將投影片放反了，當下部屬不禁說出：「真烏龍，好烏龍。」一語雙關的詼諧，產生商品烏龍茶與文字藝術的巧妙結合，讓人會心一笑的愉悅氣氛中接受了廣告所要傳達的商業訊息。此外，福特汽車也曾運用「類疊」手法，強調里程累積可換千萬獎金酬謝活動，廣告標題推出「千萬里程，千萬金。」語句形式類疊又對稱，不僅迎合消費者的優惠心理，更易打動人心。

㈦排比

　　什麼是「排比」？「排比」就是用三個或三個以上結構相似、語氣一致、字數相等的語句，表達出同範圍同性質的意象，叫作「排比」。[16]這種排比結構相同一致的成排句式，其語氣節奏分明，讀來更為順暢，同時也提高了表達效果。如同，科技日新月異，東元原是電器產品的老牌子，在穩定市場忠誠度後，更力求創新求變，推出了更輕薄的液晶電視來因應消費市場需求。推出廣告標題：「二十世紀，電視決定你的位置；二十一世紀，你決定電視的位置。」構思商品創新性，善用排比手法，突顯東元液晶電視自我品牌的卓越。

14　黃慶萱：《修辭學》（臺北：三民書局出版，2002年10月），頁531。

15　就「類疊」的內容說：有單音詞（字）複音詞（複詞）的類疊；有語句的類疊。就類疊的方式說：有連接的類疊，有隔離的類疊。二者相乘，便有：一、疊字：字詞連接的類疊。二、類字：字詞隔離的類疊。三、疊句：語句連接的類疊。四、類句：語句隔離的類疊。詳見黃慶萱：《修辭學》（臺北：三民書局出版，2002年10月），頁532-533。

16　黃慶萱：《修辭學》（臺北：三民書局出版，2002年10月），頁651。

(八)雙關

　　「雙關」與「譬喻」、「借代」、「映襯」一樣,將兩種通常屬於不同範疇的觀念,藉其中隱藏的類似之點,而加入出人意表的替換或連繫。於是,就像注視一件新奇的事物,或傾聽一陌生的聲音,往往這時就讓讀者驚奇錯愕地接受了作者機智的挑戰。[17]然而,雙關語又可分為:「字音雙關」、「詞義雙關」及「語意雙關」[18]。舉例如東元健康洗衣機廣告標題:「洗衣不殘留,還我清白。」清楚可見,「清白」二字就是運用雙關語,再仔細一看,「清白」在句中又兼含二種意思,可歸屬於「詞義雙關」。清白原指形容一個人的道德人格,但於此援用,既有形容衣物乾淨潔白意思,又點明了洗衣機洗滌髒汙的功能保證。再如,遠傳電信行銷策略,廣告標題推出:「只有遠傳,沒有距離。」廣告標題就是善用「遠傳」二字雙關語的語彙魅力,將品牌名稱「遠傳」與產品功能「傳訊」巧妙合一,一者說明了電信科技的迅捷早已縮短有形的距離;二者利用「只有」/「沒有」、「遠傳」/「距離」的對比修辭,更突顯了電訊無界域的獨特優越。在廣告標題的創作中,若能掌握雙關修辭的趣味性,更可使廣告語言豐富化、藝術化。

(九)回文

　　「回文」即是將上下兩句或句組,詞彙部分相同,而詞序大致相反的辭格,叫作「回文」,也稱「迴文」或「迴環」。[19]這意思是說,回文是利用語序的語法構成一種文字形式,這種形式往往以「字」為單位,做文字的顛倒回環,修辭效果可使表達的事物間形成連繫,文

---

17 黃慶萱:《修辭學》(臺北:三民書局出版,2002年10月),頁434。
18 雙關語又分「字音雙關」、「詞義雙關」及「語意雙關」。「字音雙關」:為一個字除本字所含的意義外,又兼含另一個與本字同音的字的意義,叫字音雙關。而「詞義雙關」:為一個詞在句中兼含二種意思,叫作詞義雙關。「語意雙關」:則是指一句話,或是一段文字,雙關到兩件事物。
19 黃慶萱:《修辭學》(臺北:三民書局出版,2002年10月),頁629。

字的言簡意賅，更具有說服力。例如：「來者不善，善者不來。」、「我為人人，人人為我。」、「信者不美，美言不信。」都是回環往復，顛倒成文運用。而這種修辭方式在廣告界中也常被使用，如：味丹企業多喝水廣告標題：「多喝水沒事，沒事多喝水。」就是善用「回文」的修辭表達，一則回環的重復，將礦泉水商品品牌的名稱再次突顯；二則加深消費者對商品認識，鼓勵多喝水有益身心健康，說明多喝水對人體新陳代謝的良好作用。此種「回文」文字的廣告表達，又如，交通部「喝酒不上道」的公益廣告：「開車不喝酒，喝酒不開車。」廣告標題運用「回文」的修辭，呼籲人們的道德意識，以期達到普及的公益訴求，這樣利用「回文」的修辭目的，無非是要表現兩事物間相互依存的辯證關係，而回環的語序展現，正面理性訴求，不僅在品牌建立上加深了消費者的印象，而在公益廣告的訴求上，也顯得特別具有說服性。

　　廣告界運用修辭法創作標題無處不在，散發的文字創意性俯拾皆是，如：

1.中華汽車：「世界上最重要的一部車是爸爸的肩膀。」（譬喻）

2.鐵達時錶：「不在乎天長地久，只再乎曾經擁有。」（對偶、對比）

3.國際牌冷氣機：「靜得讓你耳根清靜。」（類疊、誇飾）

4.新寶納多：「一人吃，兩人補。」（對偶、對比）

5.克寧奶粉：「長的像大樹一樣喔！」（誇飾）

6.元本山海苔：「元本山，原本是座山！」（譬喻、押韻）

7.De Beers鑽石：「鑽石恆久遠，一顆永流傳。」（誇飾、對偶、押韻）

8.光泉晶球優酪乳：「晶球一粒粒，健康又美麗。」（對偶、類疊、押韻）

9.品客洋芋片：「品客一口口，片刻不離手。」（鑲嵌、類疊、押韻、對偶）

10.中華電訊：「今天打大陸！明天打美國！後天打歐洲！」（排比、

雙關）

11.柯尼卡軟片：「它傻瓜，你聰明！」（對偶、對比）

12.中華血液基金會：「捐血一袋，救人一命。」（對偶）

13.三洋維士比：「ㄚ！福氣啦！」（押韻）

14.中興米：「有點黏，又不會太黏。」（類疊、押韻）

15.新靜王冷氣：「小而美、小而冷、小而省。」（排比、類疊）

16.中華血液基金會：「我不認識你，但是我謝謝你！」（押韻）

17.許榮助保肝丸：「肝哪沒好，人生是黑白的；肝哪顧好，人生是彩色的！」（排比、押韻）

18.柯尼卡軟片：「拍誰像誰，誰拍誰誰都得像誰。」（類疊）

19.雅芳化妝品：「雅芳比女人更了解女人。」（鑲嵌、類疊）

20.住商不動產：「有心，最要緊！」（押韻）

21.寶島眼鏡：「傻瓜鏡片，聰明選擇！」（對偶、對比）

22.遠傳電信：「真心真意，無限遠傳！」（鑲嵌、類疊）

23.春風面紙：「紙有春風，最溫柔。」（鑲嵌、雙關、擬人）

24.黑松沙士：「不放手，直到夢想到手。」（押韻）

25.百服寧錠：「百服寧，保護您！」（鑲嵌、雙關、對偶、押韻、擬人）

26.行政院新聞局：「關心自己，也關心別人！」（對比、類疊）

27.大金變頻空調：「用大金，省大金。」（鑲嵌、雙關、對偶、押韻）

28.挺立鈣加強錠：「挺立，不只挺阮，也挺恁！」（鑲嵌、雙關、擬人）

29.全家便利商店：「全家，就是你家。」（鑲嵌、雙關、押韻）

30.3M魔利萬用去汙劑：「管他什麼垢，一瓶就夠。」（雙關、押韻）

31.雅虎奇摩拍賣：「什麼都有，什麼都賣，什麼都不奇怪！」排比、類疊）

32.萬事達卡：「萬事皆可達，唯有情無價。」（鑲嵌、雙關、對偶、押韻）

33.惠康頂好企業:「一次買好,就是頂好。」(鑲嵌、雙關、對偶、押韻)

34.佳能Canon印表機:「叫天天不印, Canon幫你印!」(鑲嵌、雙關、押韻、對偶)

35.久津波蜜果菜汁:「三餐老是在外,人人叫我老外!」(雙關、對偶、押韻)

36.第一銀行增資卡:「現在的Nobody,未來的Somebody!」(雙關、對偶、對比、押韻)

37.黑橋牌香腸:「用好心腸,做好香腸。」(類疊、雙關、押韻、對偶、對比)

38.日本INADA稻田按摩椅:「我做最好,你坐最好。」(類疊、雙關、對偶、押韻、對比)

39.悅氏礦泉水:「越是簡單,悅氏不簡單。」(鑲嵌、類疊、雙關、押韻、對比)

此外,近年無論是電視廣告、報章雜誌、海報、電子DM、網路新聞、廣播、電腦遊戲,其廣告策略的規劃設計,屢屢推陳出新展現新意,除了創意百出的廣告影片,值得一提的是平面廣告文案詩,巧用文字與廣告結合的文學創作,特別營造詩意情境的語言感動,別具特色,如「CHIMEI奇美廣色域新奢華幸福」電視廣告文案詩:

千言萬語的歌頌是幸福
耳邊一句輕聲低語 是奢華的幸福
另一半愛你的可愛是幸福
另一半愛你的不可愛 是奢華的幸福
爲了理想往前衝是幸福
爲了所愛往後退 是奢華的幸福
100朵玫瑰在你腳邊是幸福
一朵玫瑰在你手中綻放 是奢華的幸福
有人在身邊疼愛是幸福

有人在遠方等待　是奢華的幸福
在旅行中找到方向是幸福
在迷途中發現精彩　是奢華的幸福
為了理想起飛是幸福
為了所愛而降落　是奢華的幸福

　　總言之，廣告語言的創作，無論運用到何種修辭方法，其標題的主要任務無非是為了引起消費者注意，進而認識產品，達成商業活動而購買。所以廣告標題語言的展現，即是為商品服務的一種說服性的文字創作，而為了打破商業促銷意識太為強烈，廣告標題遂成一種吸引消費者的文字藝術，它的文字載具著「信、達、雅、簡」的語言表達功能，以精簡雅明的文字，傳遞豐富語彙的信息。所以，廣告標題的表現形式上，無論別出心裁、製造懸疑、出奇制勝等，皆是字斟句酌而精益求精，種種千錘百煉後所凝聚的構思文字，都是廣告創意的展現。因此，廣告標題可謂是一門生動的語言藝術，運用文字意在言外的表達，感染消費者，它所流露散發的語彙魅力，就是值得一再回味的文字藝術。

六、結語

　　廣告語言的藝術，奧妙無窮而永無止境，其展現的修辭手法各擅一面，然也說明了語言的多樣性，存乎於創思者的運用之妙。語言所展示的豐富多元，乃源自於語言本身即是一種創意的文字創作，它不但是時尚文化的存在，也創造文字的流行藝術，當為現代語言表達所不可不探討。近來年，廣告語言的風格正逐步呈現創意化，並且真實地走入我們的生活世界，甚至帶動創造成為流行話題，這無疑的也說明了廣告通過文字話語的揉合、調整，隨著時代趨勢而衍生變化，它以文字修辭美化商品，也引領我們進入另一個審美的藝術意境。這種轉化修辭的文學諾言，文字簡潔凝煉，不落俗套，善於漢字形音義的特性引發語言各種趣味，栩栩如生傳遞廣告信息，吸引我們進而感染共鳴，無形中讓人產生了認同信任，在語彙

的潛移默化說服中，實現了廣告創意文字美麗的預想。

七、延伸閱讀

1. 高志宏、徐智明著，《廣告文案寫作——成功廣告文案的誕生》，北京，中國物價出版社，1997年。

2. Bruce Bendinger著，張佩娟、鐘岸真譯，《廣告文案》，臺北，五南圖書出版，2000年。

3. 許安琪、邱淑華，《廣告創意——概念與操作》，臺北：揚智出版社，2004年。

4. 齊藤誠著、楊雅清譯，《企劃書‧提案書72例》，臺北：商周出版社，2004年。

5. 路克‧蘇立文著、乞丐貓譯，《文案發燒》，臺北：商周出版社，2005年。

6. 西尾忠久著、黃文博譯，《如何寫好廣告文案》臺北：國家出版社，2005年。

7. 陳雪鳳，《天才文案的白癡哲學》，臺北：互得出版社，2006年。

八、練習單元

1. 何謂廣告「AIDMA」法則？試舉一則廣告以說明「AIDMA」的創意展現。

2. 「主標語」是廣告文案的靈魂中心。請試舉一則廣告，予以分析廣告文案的思想內容、廣告標題的表達手法和傳意效果。

3. 廣告人創意展現，字斟句酌而精益求精，構思文字無非是一門語言藝術。請發揮創意例舉一件生活事物，運用「押韻」與「對偶」修辭法創作廣告標題。

4. 何謂「類疊」、「排比」？並試舉廣告實例來說明其中的區別。

5. 什麼是「回文」？「回文」的修辭在廣告寫作中可創造出何種文字效果？

6. 請你運用修辭法，以意象轉化成文字，以二十字之內，為以下商品創作一句廣告標語。
   (1)Nikon COOLPIX L23 光學變焦機
   (2)淡水清淞凱薩飯店溫泉會館

(1)Nikon COOLPIX L23 光學變焦機
採用5倍光學變焦，配備各種自動功能。具備各種先進的自動功能，操作簡便，機身小巧。COOLPIX L23 相機備有1，010萬有效像素，內置5倍變焦尼克爾鏡頭以及簡易自動拍攝模式，大尺寸、清晰的2.7英寸TFT LCD顯示屏。1,010萬有效像素，配備5倍光學變焦鏡頭，識別拍攝對象和拍攝環境，自動選定最佳場景模式，外觀優雅，鏡頭周圍和機身邊緣的高拋光裝飾條。1010萬有效畫素，5倍光學變焦 廣角28mm，新一代圖像處理引擎，人臉辨識多達12人。

(2)淡水清淞凱薩飯店溫泉會館
戶戶私人溫泉大湯屋，四種風格主題裝潢，依山傍水，極致享受。

五星級凱撒飯店將直接派員進駐，提供五星級私人管家服務。

戶內外近1500坪超星級休閒設施。

位於淡水中正東路與登輝大道口，紅樹林捷運站旁，交通方便。

坪數12-42，總價326萬起。

第六章
電影與語文表達

許維萍

　　電影是一種媒介，是一種語言，也是一門情感溝通的藝術。

　　一部成功的電影，無論是以商業掛帥或以藝術為考量，都必須與觀眾有很好的交流；利用電影為媒介，為觀眾講述一個故事，通過故事和觀眾進行心靈的溝通。溝通如果做得好，電影人的想法或理念就可以清楚的被傳遞 —— 不論創作的初衷是為了充分的表達自我，或者是為了引起共鳴 —— 而這是一部電影所以能成功的重要基礎。

　　集聲光效果、畫面於一身的電影，既可以說是一種圖像的文學，也可以說是一種有聲的圖像。透過語言的描述、音樂的渲染、圖畫的展示，抽象的概念被具體化了，深奧的道理被簡單化了，枯燥的知識被趣味化了，它讓知識的傳播與接受道路更寬廣，讓人的多種感官同時被啟動，它傳遞著導演試圖建構的世界，透過編劇、攝影、音效、道具與剪接，憑著直觀，人們解讀或分享一種共同或迥異的經驗與記憶；在觀看的過程中，人人可以展開與自己的對話，因此它也可以說是語言表達的另種特殊形式。

　　電影所以普遍受歡迎，除了來自它的通俗性，也因它往往反映了真實的人生。所謂，「戲如人生，人生如戲」。電影中呈現的愛恨情仇，常常是真實人生的縮影，人們在劇中人的悲喜中看見自己的悲喜，在虛擬或真實的故事中聽見或看見自己生命的軌跡；它承載著大千世界的歡樂與哀愁，也搭建起識與不識的人們情感交流的管道，因此它也是一門情感溝通的藝術。

　　作為一種媒介，電影既然可以建立起編劇、導演與觀眾間知識與感情的橋梁，一般人又如何利用這種趣味性高，話題性強的素材，讓自己也能與他人展開更深入、更廣泛的對話與交流？

　　在語文表達的實境中，人最慣常談論，與最迫切需要學習的，是如何

表述與自己有關的事物。例如表達自己的情緒、說明自己的家庭背景、成長經歷、特殊的興趣或喜好，以及表達對一件事情的看法。

　　表達自己的情緒之所以重要，是為了讓自己的情緒得以抒解，同時讓周遭的人可以更好的理解自己；描述自己的背景、成長經歷之所以重要，是因為在群體生活中，那是讓他人認識自己的起點。至於表達對一件事情的看法，是「展現自我」最直接的方式。因此以下的三個小節，便以此三個方向展開。

　　為了配合「中國語文能力表達」訓練的需求，也為了突顯不同時期，不同世代的電影流行文化反映的若干訊息，本章選定以下三部電影：㈠《梁山伯與祝英臺》（The Love Eterne, 1963）；㈡《青梅竹馬》（Taipei Story, 1985）；㈢《不能沒有你》（No Puedo Vivir Sin Ti, 2009），配合以下三個主題：㈠對於一種情緒的表達；㈡對於一個城市的表述；㈢對於一個事件的看法，作為提升思考、加強語文表達能力訓練的開端。

一、對於一種情緒的表達

　　在語文表達訓練的各個主題中，人們最重要，也最迫切需要學習的是有關情緒的表達。造成一個人不快樂的原因很多，其中之一，常常是因為「愛你在心口難開」，是「你不懂我的傷悲」，是「快樂沒有人可以分享」，是「你不明白我為什麼生氣」。各種情緒無處發洩，或抒發之後卻無人理解，都可以讓一個人終日鬱鬱寡歡。

　　話題回到電影。很多人喜歡看電影，因為電影道盡了人的喜怒哀樂──真幻的交錯，時空的推移，人們被它吸引，樂此不疲，因為電影演出了人們不敢說、不能說、不會說的情緒。因此，人在觀看的過程中，可以得到很大的抒解；一群原本互不相識的人，卻也能夠因此而產生很大的共鳴。

　　電影中慣常出現的主題，與人的情緒有關的，以「愛」居多。至於其他情緒，像是「喜悅」、「憤怒」、「哀傷」、「快樂」、「憎惡」、「仇恨」……，也常常藉著不同的故事，在電影中呈現。檢視近年來若干

機構評選出的百年來「百大經典愛情電影」名單，可以發現：電影中表達「愛」的方式何止千百種，從地域來看，中西頗有差異，就時間而言，代代不盡相同。然而，從這些不乏重疊的經典名單中，卻又可以發現：迴腸盪氣的愛情，是可以超越種族，直入人心的。

　　相較於西方世界，華人對於情感的表達方式一向較為含蓄，但不同世代間，卻又可以看出些許的差異：六〇年代轟動全臺的《梁山伯與祝英臺》（The Love Eterne, 1963）、七〇年代盛極一時的瓊瑤電影系列、八、九〇年代新電影時期的《油麻菜籽》（Ah Fei, 1983）、《青梅竹馬》（Taipei Story, 1985）、《我這樣過了一生》（Kuei-mei, a Woman, 1985）、《戀戀風塵》（Dust in the Wind, 1986）、《桂花巷》（Osmanthus Alley, 1987）、《愛情萬歲》（Vive L'Amour, 1994）……，世紀之交的《一一》（Yi Yi: A One and a Two, 2000）、跨世紀之後的《色，戒》（Lust, Caution, 2007）、《海角七號》（Cape No.7, 2008）、《非誠勿擾》（If You Are the One, 2008），一直到2011年上演的《那些年，我們一起追的女孩》（You are the Apple of My Eye, 2011），都可看出不同年代對「心動」、「行動」的不同詮釋。

■ 梁山伯與祝英臺
香港，122分鐘
導演：李翰祥　編劇：李翰祥
攝影：賀蘭山、戴嘉樂　剪輯：姜興隆
演員：樂蒂、凌波、李昆、任潔[1]

【簡介】

　　1963年夏，香港邵氏公司由李翰祥導演，凌波和樂蒂主演的黃梅調影片《梁山伯與祝英臺》在臺上演，造成轟動。當時光是臺北市的「中國」、「遠東」、「國都」三家戲院，便連映62天，創下了162映

---

[1] 以下電影資料，均根據小野等撰，《光影的長河：影史百大經典華語電影》，臺北：田園城市文化事業有限公司，2011年10月。

天，930場，721,929人次，840萬元新臺幣的空前紀錄。[2]它不僅是臺灣一代人的美好記憶，締造萬人空巷的盛況，也帶動臺灣黃梅調風潮。在接下來的連續四年間，電影排行版上前十名，皆是黃梅調類型的電影。堪稱臺灣電影史上的傳奇。[3]

　　梁山伯與祝英臺的故事，原本只是和《白蛇傳》、《孟姜女》、《牛郎織女》並列的中國四大民間故事之一。這個傳說最早產生的時間約在東晉，地點則在浙東一帶。　故事是說上虞的祝家有個女兒英臺，女扮男裝和來自會稽的梁山伯在學校一起讀書。書讀一半，英臺因家中有事先行返家；二年後，山伯前往探視，方知她是女兒身，於是，悵然若失。回到家後稟告父母，請求父母首肯，至英臺家下聘。誰知英臺早已許配給馬氏。梁山伯後來當上了鄞縣的縣令，不久卻因病而死，埋葬在鄮城。英臺要下嫁馬氏之日，船經過梁山伯的墓所，無論風浪再怎麼大，船都無法前進。細問之下才知該處為梁山伯葬身之處。祝英臺於是臨墓痛哭，哀慟欲絕。就在此時，地忽然自動裂了開來。祝英臺於是縱身一跳，遂與山伯一起合葬。[4]

　　電影版裡的祝英臺，貌美、聰慧，是個傳統禮教下的奇女子。跟故事的原型一樣，她獨排眾議，堅持進學堂讀書，而且在課堂上認真學習，不但勇於指出梁山伯（或孔子）「唯女子與小人難養也」的觀念是錯誤的，還主動求愛，要求師母替她做媒。並且在十八相送過程中一再暗示，試圖向梁山伯表明心跡。即使後來她不敢違背父命答應嫁給馬文才，但最終仍是自跳入墳，但求與梁山伯「死同穴」，可以說是一個勇於顛覆傳統的女性。

　　梁山伯在電影中被塑造成不識情慾，不解風情的純真少年。面對

2　陳飛寶，《臺灣電影史話》（修訂本），北京：中國電影出版社，2008年9月，頁131。

3　徐樂眉，《百年臺灣電影史》，新北市：揚智文化事業股份有限公司，2012年1月，頁107。

4　改寫自（唐）張讀，《宣室志》，北京：中華書局，1983年12月。原文為：「英臺，上虞祝氏女，偽為男裝遊學，與會稽梁山伯者同肄業。山伯，字處仁。祝先歸，二年，山伯訪之，方知其為女子，悵然如有所失。告其父母求聘，而祝氏已字（事）馬氏子矣。山伯後為鄞令，病死，葬鄮城西。祝適馬氏，舟過墓所，風濤不能進。問知有山伯墓，祝登號慟，地忽自裂陷，祝氏遂並埋焉。」

英臺的百般提點，他始終無法領會。一直到英臺返家，才初嚐相思之苦。可惜懵懂的少年郎沒能分辨自己的情慾──害的明明是相思病，卻對師母辯稱是因為想家。一直到師母告之英臺是個女兒身，梁山伯的病才因此不藥而癒。

　　梁祝的傳說從東晉開始流傳，歷經唐、宋、元、明、清的發展，逐漸定型，在戲劇中屢屢作為腳本，情節卻又有許多鋪陳（例如有些戲劇在祝英臺女扮男裝求學之前，添加與嫂子打賭的橋段、同樣是馬家下聘，有的戲劇還有醜陋的媒婆登場[5]……）──從崑曲、越劇、川劇、京劇、豫劇……甚至歌仔戲、電視劇、舞臺劇……，而且光是電影就有好幾個版本，[6]卻沒有一種版本，像凌波版的故事如此風靡，箇中原因，頗堪玩味。

　　在男女平權的時代，回看電影《梁祝》的細節，固然有許多不盡合理之處，但如果思及那其實是一個相對保守的年代，那麼無數影迷的為之瘋狂，似乎又可以理解。為了追求知識，改變妝容隱藏身分；為了所愛，努力爭取婚姻自主（縱使後來失敗了），這是祝英臺最令人津津樂道之處；至於梁山伯的部分，真實世界中女扮男裝的凌波，扮相清麗，瀟灑中有著一種男性所少有的細緻與溫柔；至於故事發展的主軸與角色的安排，顛鸞倒鳳的曖昧增添了想像的空間，在一男一女相戀的慣常模式中提供了不同的趣味與思索，因此，即便二人同窗數載，情誼深厚到數次同榻，卻絲毫沒有露出破綻，頗難令人置信，但顯然觀眾並不在乎細節，散戲後，據說許多女影迷對女扮男裝的凌波也有類似今日粉絲瘋狂追星的行為。在同性婚戀受到全球關注的今天，這是另一個可以探討的議題。

5　參關王蓉，〈梁祝傳說的源起及流傳演變軌跡探析〉，《現代交際》，第2010年第4期，2010年4月，頁57。

6　參見何瑞珠，〈梁山伯與祝英臺〉，收入小野等撰，《光影的長河：影史百大經典華語電影》，頁64。

【問題與討論】

1. 從現代的眼光來看，你如何解讀《梁山伯與祝英臺》的故事？在表達情感的方法上，你對梁山伯與祝英臺各有怎樣的看法？

2. 對於六〇年代《梁祝》造成的轟動，你有怎樣的看法與理解？

3. 在你所看過的愛情浪漫電影中，哪一部表情達意的方式最讓你印象深刻？你能不能具體說出他們的優缺點？

4. 真實生活中如果遇到心儀的對象，你要如何表達心裡的愛慕？請在書面及口語表達上，傳達你的真情與想法。

二、對於一座城市的表述

在敘述或剖析一個人的生命歷程時，「城市」往往可以是一個很好的憑藉：也許是出生的所在、成長或青春記憶的停泊處；可能是初入社會暫時棲身的中繼站；或者是成長後，決定安身立命的所歸……。在一成不變（或不斷變換）的一幕幕場景中，個人串連起他們的生命，也留下了常駐心頭，或清晰或模糊的軌跡。如果可以透過個人對一個生命中別具意義城市的具體描述，或許可呈現出一個人生命的歷程與樣貌，而這對於一個人了解自己，或協助他人認識自己，或許是有些助益的。

在各種「呈現城市」的方式中，電影無疑是一種最具趣味、最直接、最具體、也最可以提供多重角度思考的選擇。就像許多人對羅馬的認識，可能來自於電影《羅馬假期》（Roman Holiday, 1953）中女主角奧黛麗·赫本（Audrey Hepbum）在羅馬的一日遊；未必去過紐約，卻知道紐約有座帝國大廈〔《金玉盟》（An Affair to Remember, 1957）及《西雅圖夜未眠》（Sleepless in Seattle, 1993）的場景〕；提到巴黎，《午夜巴黎》（Midnight in Paris, 2011）呈現的，即是凱旋門、艾菲爾鐵塔、羅浮宮和聖母院……；說到上海，有《傾城之戀》（Love in a Fallen City, 1984）、《花樣年華》（In the Mood for Love, 2000）、《色，戒》（Lust, Caution 2007）、《上海》（Shanghai, 2010）拼湊出的不同影像；還有《末代皇

帝》（The Last Emperor, 1987）、《手機》（Cell Phone, 2003）呈現的新、舊北京；《重慶森林》（Chungking Express, 1994）中香港的都市叢林；《悲情城市》（A City of Sadness, 1989）裡的九份；《海角七號》裡的恆春；以及《風櫃來的人》（The Boys from Fengkuei, 1983）中的高雄……。不論是以「視覺」的或「觀念的」形態出現，「城市」都提供了電影創作重要的題材；而電影的普及與發展，也往往改變了城市文化的結構，[7]帶動了它的發展──即使它透過的是特定的眼所框架出來的特定景像，卻往往能讓眾人在集體觀看的過程中，因著不同的詮釋與幻想，展開各式各樣的交流與討論。

　　相較於其他城市在臺灣電影出現的頻率，臺北無疑是臺灣電影中最常出現的場景。從五〇年代到九〇年代，像是《王哥柳哥遊臺灣》（1958）、《街頭巷尾》（Our Neighbor, 1963）、《康丁遊臺北》（1969）、《家在臺北》（Home, Sweet Home, 1970）、《超級市民》（Super Citizen, 1985）、《青梅竹馬》（Taipei Story, 1985）、《青少年哪吒》（Rebels of The Neon God, 1992）、《超級大國民》（Chau ji da Kuo min, 1995）……，乃至於晚近的《停車》（Parking, 2008）、《一頁臺北》（Au Revoir Taipei, 2010）……，均記錄了不同時期、不同導演眼中形形色色的臺北。而在這麼多以臺北為背景的電影中，導演楊德昌（1947-2007）與臺北城市的關聯，是最受到矚目的。

　　和侯孝賢（1947-）同被視為八〇年代臺灣新電影運動的主要代表人物楊德昌，其電影的風格與侯孝賢迥異。兩個人的祖籍都是廣東梅縣，都在臺灣生活、長大，卻因性格不同，思考各異，拍攝風格也大異其趣。侯孝賢因《悲情城市》（A City of Sadness, 1989）在1989年獲得威尼斯影展的金獅獎而揚名國際，從此奠定了他國際電影大師的地位。而原本是電腦工程師出身的楊德昌，在赴美留學期間轉習電影後，1982年，與柯一正、張毅、陶德辰三位導演集體創作四段式電影《光陰的故事》（In Our

---

7　關於電影與城市的關係，可參看陳曉雲，《電影城市：中國電影與城市文化（1990-2007）》，北京：中國電影出版社，2008年6月，頁2-3。

Time, 1982）。因為該片在各方面的創新與嘗試，讓他與侯孝賢齊名，被視為「臺灣新電影」的重要先驅之一。楊德昌除了從1986年起，在金馬獎中屢屢締造佳績外，[8]2000年更以《一一》（Yi Yi: A One and a Two, 2000）拿下坎城影展的最佳導演獎，成為繼侯孝賢之後，又一受到國際肯定的臺灣導演。有人分析侯孝賢的作品，基調是鄉土的、傳統的、道德的，深得寫實之美；楊德昌的作品則是都市的、現代的、美學的，深得虛靈之美。[9]也有人認為，侯孝賢的電影客觀和歷史反思意味濃烈，感性、溫情、沁人心脾，詩化格局；楊德昌的電影則凌厲、理性、冷眼旁觀，對歷史和社會批判毫不留情。[10]但簡單的說，楊德昌以一個科技人的身分投身電影的拍攝，打破了科技和人文的界線，也因此，他的作品常有一種「冷」，「甚至有恨世的意味」。[11]

　　本節之所以選擇楊德昌的作品為討論素材，是因為楊德昌的電影幾乎都是以臺北城為背景，除了他凜厲的風格、縝密的結構，讓他的作品具有「前衛的歷史價值」外，主要是因為他的畫面構圖精緻，「擅長用長鏡頭和廣角鏡，在一個鏡頭內容納許多訊息」。[12]雖然楊德昌說，選擇拍攝臺北的原因，是因為「在臺北拍片，符合經濟效益，成本較低」，但其實也因為「這是他最了解的地方」。[13]

　　作為一個在臺北成長的「臺北人」[14]，楊德昌呈現了他眼中熟悉的臺北。將近三十年之後，也在臺北求學的你，對於這些畫面與故事，是否也

8　1986年，《恐怖分子》，最佳影片；1991年，《牯嶺街少年殺人事件》，最佳影片，最佳劇本獎；1994年，《獨立時代》，最佳原著劇本獎。

9　曾昭旭，《現代人的夢》，《在愛中成長》，臺北：漢光文化事業股份有限公司，1987年6月，頁24。

10　陳飛寶編，《臺灣電影史話》（修訂本），頁418。

11　滕淑芬，〈走一條自己的路：楊德昌電影人生的《一一》告白〉，《光華雜誌舊文》，參見網址：http://tw.myblog.yahoo.com/jw!oo_HFriCAhhIXPbMPitPeUI-/article?mid=4178

12　陳飛寶編，《臺灣電影史話》（修訂本），頁425。

13　滕淑芬，〈走一條自己的路：楊德昌電影人生的《一一》告白〉，《光華雜誌舊文》，參見網址：http://tw.myblog.yahoo.com/jw!oo_HFriCAhhIXPbMPitPeUI-/article?mid=4178。

14　楊德昌生於上海，長於臺北，1965年畢業於建國中學，就成長地而言，堪稱現代人所定義的「臺北人」。

引發了你的若干聯想……。

■ 青梅竹馬（Taipei Story, 1985）

臺灣，119分鐘

導演：楊德昌　編劇：楊德昌、朱天文、侯孝賢

演員：侯孝賢、蔡琴、吳念真、林秀玲、柯素雲、柯一正

【簡介】

　　1985年楊德昌執導的《青梅竹馬》，英文片名是「*Taipei Story*」。這意謂著電影要說的不只是一對青梅竹馬的愛情故事，而且是一個發生在臺北的故事。

　　少棒國手出身的阿隆退伍後在舊市區迪化街經營一家布店，青梅竹馬的女友阿貞則在新興的東區某建築公司當特別助理。對前途規劃的不同讓兩個人的感情似乎沒有前景。侯孝賢飾演的阿隆代表本土的一代，他待人處世仍舊執著於懷舊和傳統的模式，最常跟朋友去的地方是老式的卡拉OK；蔡琴飾演的阿貞則代表新的一代，她希望與阿隆結婚移民美國，最常和同事去的地方是美式酒吧。電影從阿貞與阿隆在一棟空屋裡規劃未來展開，在阿貞與女老闆於另一層空大樓裡計畫新公司而結束。除了足以呼應首尾的空間呈現，電影畫面中還出現了富士菲林的廣告牌、迪化老街帶有殖民地的老建築、陽明山上的一片漆黑等城市影像，藉著片中綿密展開的人際關係及蒼白的意像，楊德昌試著詮釋並批判八〇年代以臺北為主軸的臺灣社會轉型過程中發生的種種問題，特別是舊世代與新思維之間的衝突和兩難。

　　從阿隆、阿貞這對情侶所衍生出來的許多清楚的對立與對照，是導演在「臺北故事」中對於當代社會的觀察：像是語言的使用（國語／臺語）、城市的變化（迪化街／高樓大廈）、對原生家庭的包容與割裂、外來文化（美、日）的衝擊與刺激……。阿隆一直沉浸在昔日少棒

的光榮裡，阿貞卻只是一心一意想移民到美國去。[15]一日相戀的兩個人隨著都市的發展漸漸的形成不同的文化與社會空間，在感情上一直若即若離，維繫他們關係的，似乎只是阿貞的寂寞與阿隆的念舊。片中幾個臺北車陣將二人分隔的場景，指出都市現代化似乎是造成二人無法結合的原因。而片尾受傷的阿隆，獨自坐在陽明山的路邊等待天明，似乎也暗示著阿隆所代表的臺北歷史與舊文化面臨被淘汰的命運。[16]

　　這是一個臺北新舊替換的故事。呈現的是一個電影人對於臺北在發展過程中衍生的諸多問題，最真誠的批判。

【問題與討論】

1. 你能不能具體描繪出你一生中對你最具特別意義的城市的形象？如果讓你試著來掌鏡、執筆或作畫，你會選擇怎樣的景點，做出怎樣的詮釋？

2. 在你來到臺北之前，對臺北的既定印象是什麼？實際在臺北生活後，你又有怎樣的觀察和體驗？

3. 你是否曾經透過電影觀看過不同時期不同詮釋者眼中的臺北？那些畫面中的空間與曾經出現過的人物，與你的生命是否有若干的連結？

三、對於一個事件的看法

　　　　每一張圖片，都可以是每一部電影的第一個鏡頭。

　　　　　　　　　　　　　　——德國導演溫德斯（Wim Wenders）

15　參閱塗翔文，〈青梅竹馬〉，收入小野等撰：《光影的長河：影史百大經典華語電影》，頁190。

16　參閱林文淇，〈三十年來臺灣電影中臺北的呈現〉，收入陳儒修、廖金鳳編：《尋找電影中的臺北》，臺北：萬象圖書有限公司，1995年。網址http://www.ncu.edu.tw/~wenchi/review/taipei.html/。

(一)電影的靈魂——「故事」的來源：歷史、文學與新聞事件

　　電影是在平面的圖像基礎上發展起來的一門藝術。法國符號學家克里斯蒂安・麥茨（Christian Metz）（1931-1993）曾經指出：「沒有戲劇性，沒有虛構，沒有故事，就沒有影片。」[17]因此，不論演員的容貌如何出眾、演技如何精湛、服裝的設計如何精巧、音樂的配置如何恰當，如果沒有一個很好的「故事」，是沒有辦法撐起一部精彩的電影的。「故事」的來源可以是虛構的，可以來自歷史，也可以來自小說，當然，也可以來自新聞事件。虛擬的故事天馬行空，沒有與真實世界相互印證的必要，因此，只要情節安排合情合理，在編排時就有較大的揮灑空間。改編自歷史或小說的電影則有一定的限制：是否忠於史實，能否掌握小說的真精神……，依違信史之間，總有更多的考量。而所謂新聞事件，則是記者對當下社會生活的紀錄。它必須透過實地的了解和觀察，客觀的呈現某個社會現實跟社會現象發生的過程，它既來自社會生活又必須忠於社會生活。而改編自社會新聞的電影，則是這類新聞的再創造；新聞成為編導手中的素材，透過他們的知識結構、審美價值及對藝術的理解和詮釋，電影再現了新聞事件的場景，演繹了現實人物的真實故事，不論是否達到警醒或啟迪世人的目的，它都傳達了編導對一個事件的看法，是對當下社會生活意見表達的具體呈現。

(二)歷史事件、當代生活與新聞事件在臺灣電影中的呈現

　　臺灣電影的發展，在經過「新電影運動」的洗禮、跨世紀之後，有了更多元的面貌。有別於過去的師徒制，新生代的電影人從不同的領域，陸續投入電影圈，讓新世代的電影，不再只是言不及義的虛假，而是試圖更貼近本土歷史、文化、社會現象，掌握時代的脈動。

---

17 克里斯蒂安・麥茨原著，李恆基、王蔚譯，〈現代電影與敘事性〉（上），《世界電影》，1986年第2期，頁14。原文出自克里斯蒂安・麥茨撰，《散論電影表意》第一卷，巴黎：克蘭克薩克出版社，1978年。

例如《無米樂》（Let it Be, 2005）中的稻農與種稻文化問題；《翻滾吧！男孩》（Jump! Boys, 2005）的體育與教育的問題；《刺青》（Spider Lilies, 2007）中反應虛擬愛情的網路交友；《練習曲》（Island Etude, 2007）呈現社會多元的面向與寶島之美；《流浪神狗人》（God Man Dog, 2007）中的遊民、神像、流浪狗、原住民；《海角七號》（Cape No. 7, 2008）中的阿嘉，失業後回到恆春擔任郵差，呼應了2008年金融海嘯的百業蕭條；《九降風》（Winds of September, 2008）反映的臺灣職業棒球史上的簽賭案；《情非得已之生存之道》（What On Earth Have I Done Wrong, 2008）所挖苦或嘲諷的電影圈及政治社會等亂象；《臺北星期天》（Pinoy Sunday, 2010）涉及的外勞問題；《賽德克·巴萊》（Seediq Bale, 2011）講述的賽德克原住民莫那魯道率領族人抗日事件的始末……。[18]這些臺灣新電影的聲音，或者更貼近本土文化，或者更關心群眾的生活，它們不再只是風花雪月的虛無飄渺，也不純粹只是提供娛樂，它們有著更富豐的人文思索，更重要的是，它們更強烈的傳達個人的想法，透過不同的方式，努力替弱勢族群發聲。

㈢敘事手法與電影

從敘事學的角度來看，「敘事」所看重的並不是故事所講述的內容，而是如何被講述出來。從語文表達訓練的角度來看，電影所能提供的，是藉由觀察、分析電影的敘事手法，作為「表達對一個事件的看法」時的參考。

18　徐樂眉，《百年臺灣電影史》，頁203。

1. 《賽德克・巴萊》與霧社事件

編劇：where，八分鐘

【簡介】

　　2011年備受矚目的《賽德克・巴萊》，基本上講的是無數個英勇戰士為了保衛家園而奮力抵抗強勢入侵者的故事。這部以霧社事件[19]為藍圖的電影，涉及到原住民部落與日本帝國主義之間的戰爭，文明與野蠻之間的衝突，現代化與宗族的覺醒意識之間的矛盾，還有賽德克人明知不可為而為等看似簡單，實則複雜的歷史邏輯。而一樣是以霧社事件為梗概，2004年臺灣公共電視製作團隊以導演萬仁改編自報導文學作家鄧相揚原著小說《風中緋櫻 —— 霧社事件》作為同名製播的電視連續劇，其切入角度便與《賽德克・巴萊》有所不同。撇開兩劇在造型、服裝、聲音、配樂以及搭景上的技術面不論，《風中緋櫻 —— 霧社事件》也許因經費的不足，並沒有足夠的賽德克族人參與拍片，因此採用漢語發音；而《賽德克・巴萊》則因導演魏德聖對電影的堅持，所有演員必須學習賽德克語當臺詞。有評論者認為，[20]如果《賽德克・巴萊》呈現的是莫那魯道與族中戰士們在日本殖民者壓迫下堅持捍衛賽德克文明的男性（英雄）視角，那麼《風中緋櫻 —— 霧社事件》似乎便偏向霧社事件遺族 —— 高山初子追憶昔日族人面對外來文化衝突與掙扎的女性（倖存者）觀點。也有評論者認為，[21]《賽德克・巴萊》試圖「重建一個早已失落的時空、文化與人群」，雖然面對「把獵取人頭當成一種成年必經的儀式」（所謂「出草」）的文化，電影沒能講述清楚，但是「電影也沒有美化這群人」，把他們定義為「某種失落的美好」，或「高貴的野蠻」，而只是平淡描寫那段原住民歷史中發生的事情 —— 部落間的累

19　是1930年發生在，臺灣受日本統治時期發生在，臺中州能高郡霧社（今屬南投仁愛鄉）的抗日行動。

20　李志銘，〈用清澈的目光，不帶偏見地去看待歷史：電影《賽德克・巴萊》雜感〉，《鹽分地帶文學》，第36期，2011年10月，頁73-77。

21　鄭秉泓，〈前路艱辛，我走此路：《賽德克・巴萊》（上）太陽旗〉，《開眼e週報》，vol.310，網址：HTTP://eweekly.atmovies.com.tw/Data/310/33105107（2012年8月5日）。

世恩怨與相互攻殺僅是陳述而不加渲染與責難，他們只是守護自己的領域，或說是自己的生活方式——不論是敵對部落、漢人還是日本人，只要是侵入獵場，就是死路一條。「原始部落沒有被美化，而代表文明的日本人也沒有被刻意醜化」。

⑴ 臺灣電影中的反日及親日情結

　　在日本帝國主義肆虐的歷史記憶中，不少臺灣電影出現了「反日」的情緒。從早期拍攝的抗日電影，像是《英烈千秋》（The Everlasting Glory, 1974）、《八百壯士》（Eight Hundred Heroes, 1976）、《梅花》（Victory, 1976）、《筧橋英烈傳》（Heroes of the Eastern Skies, 1977），對於日本人的暴行，都有大篇幅的呈現——例如《英烈千秋》中日本人對中國平民的殘殺手段；《八百壯士》中的謝晉元將軍、《筧橋英烈傳》中的普通戰士高志航，或被極力刻畫對日本人的仇恨，或被歌頌他們為驅逐日本人，在艱難條件下自強不息的抗爭精神。在外交受挫的時代氛圍中，不但凝聚了舉國上下團結的意識，對日本帝國的入侵，更有著強烈的憎惡與仇視。1945年日本戰敗後，臺灣雖然在政治上脫離了日本的殖民統治，但在經濟上卻依然受制於日本。一九八〇年代的《兒子的大玩偶》（The Sandwich Man, 1983）《小琪的那頂帽子》，就反映了日本經濟滲透臺灣造成的負面影響。而根據黃春明同名小說改編的《莎喲娜拉・再見》（Sayonara Good Bye, 1987），則藉由主要人物譴責了媚外的知識份子，雖與「抗日電影」直接揭示的「愛國情操」有所不同，但對日本客戶赴礁溪溫泉的惡行惡狀，仍有相當強烈的嘲諷。

　　與「反日」情緒恰恰相反的則是「親日」情結。日本對臺灣的殖民統治雖然激起臺灣人民的反彈，但不可否認的是，五十年來的統治，對臺灣人也產生了不可磨滅的影響，甚至引發了部分臺灣人的親日情結，這在近年來的臺灣電影中屢有呈現。1987年的《稻草人》（Strawman），訴說的是日本統治時期臺灣農村的故事。主人翁阿發、闊嘴兩兄弟身為社會最底層的佃農，為了求生存，時而想盡辦法討好日本軍

官，然而逃得過兵役的徵召，卻面臨更多生活中的難關。影片中貧窮的小人物面對日本政府的統治，不是採取激烈的手段與之抗爭，相反的，為了養活一家人，甚至有些如今看來相當荒謬的舉措。導演王童透過許多令人發噱的情節，反映出那樣的年代，身為殖民地的人民的悲哀，在看似嬉笑的喜劇背後，其實隱含著對當時政經環境的控訴。相對而言，2006年《練習曲》中一小段看似淒美的愛情故事，反映的則是新世代導演在面臨與日本有關的題材時，心情與態度的轉變。

　　2007年掀起臺灣一陣騎單車環島熱潮的《練習曲》中，有一小段鏡頭講述「莎韻之鐘」的故事。在這個片段中，觀眾看到一個原住民女孩含情脈脈地注視著自己的日本老師。這段鏡頭之後，接了一段十分抒情的鏡頭：夕陽下，一排老太太虔誠的唱著日本歌〈莎韻之歌〉，伴隨著歌聲，鏡頭緩緩搖向宜蘭美麗的景色。也許導演陳懷恩在拍攝這部電影時，目的在記錄臺灣的地方風俗、旅遊觀光，因此在處理這個情節時，只著眼於男女相戀的美感，然而細究「沙韻之鐘」真實的歷史樣貌，卻是1938年發生在現今宜蘭縣蘇澳鎮南澳鄉之間的一場意外事件。一個原住民女子莎韻[22]為了替被徵召前往中國大陸參戰的日本警察田北正記搬運行李，途中不幸滑入水中落水而亡。這可以說是日本殖民統治臺灣發生的一起悲劇，但女子之死卻被日本政府高度地政治化：不但創作歌曲、鼓勵戲劇演出，宣揚少女自我犧牲奉獻的精神，更將日本女性既英勇又美麗的特性發揮的淋漓盡致，更與日本軍人勇於赴戰而英勇犧牲的精神悄悄連合，並在1942年由臺灣總督府資助，由當時知名導演清水弘執導，拍攝了電影《沙韻之鐘》（サヨンの鐘），鼓吹臺灣人民對日本的歸順。[23]時隔多年，《練習曲》在拍攝這個題材時，沿用了日本官方對這個事件的說法，將一個事實上發生在被殖民者身上的歷

---

22 亦有稱為莎勇（周婉窈）、「沙鴦」（田玉文等）者，由於其原住民拼音近似「Sayun Hayun」，而當時日本以片假名「サヨン」稱呼，而根據宜蘭縣政府所興建之「莎韻橋」、「莎韻紀念公園」之名，是以以「莎韻」稱之。

23 參見周婉窈，《海行兮的年代》，臺北：允晨文化實業股份有限公司，2004年，及田玉文：〈鐘響五十年：從莎韻之鐘談影像中的原住民〉，《電影欣賞》，1994年，第12卷第3期，頁15-22。

史悲劇美化成一個為愛送行的淒美愛情故事。或許導演的初衷，未必如某些評論者所言：「該劇似乎想透過歌聲，喚起大眾對那段歷史的美好回憶。」[24]，但顯而易見的是，滿腔激憤的抗日情緒在2000年以後的臺灣電影中已經逐漸被淡化了，代之而起的是——2004年《經過》中俊的父親對臺灣的眷戀；2008年《海角七號》中阿嘉與友子的友誼；2009年《對不起，我愛你》中兩個偶遇的臺日青年的愛情故事……。從醜化到美化，從對立到和諧，歷史的宿怨在新世代導演的鏡頭下，似乎有了全然不同的樣貌……。

(2) 跳脫漢人思維的敘事觀點

　　觀看《賽德克‧巴萊》，很難不被畫面上毫不遮掩的血腥畫面震攝。穿刺、斷頭、槍擊………，一群包括婦孺在內的日本人，被一群賽德克人如狼群般地舉起了槍枝獵刀，進行一場鮮血的狂宴。在這場屠殺裡，沒有日本人張牙舞爪的壓迫戲碼，沒有導演精心刻畫的美感，沒有被扭曲的武打場面，也沒有感人落淚的袍澤情誼。「有的只是『殺』！」評論家鄭秉泓這麼說。「一聲大喊下，就連小孩子都拿起了刀劍竹槍，興奮地加入殺戮。」

　　「……留在原地的家眷紛紛和上戰場的男人揮手告別，她們的臉上偶有擔憂，但大多數都是帶著驕傲而期待的神情……。」

　　電影顯然不是這樣處理。當開始血祭的男人們興奮地準備殺下山時，女人們只是漠然地、臉色凝重地看著他們。這時候，一個老婦人在運動會屠殺的現場，大聲質問：「你們在幹什麼啊？！」老婦人的質問不但問出了每個被留在部落的女人心中的疑問，同時也問出了每個觀影者心中的疑惑：「為什麼非要殺成這樣不可？」「這樣還配做勇士嗎？」

　　當然，這其中涉及到出草的習俗，以及賽德克人與日本人間經年

24　參見趙春，〈臺灣電影中的日本情結〉，《山東藝術學院學報》，2010年第4期（總第115期），頁56-62。

的仇恨。即使暫且撇開這些不論，這些在被刻意美化的電影中鮮少看見的屠村影像，事實上只是反映了人類史上相互殺戮的實質，以及那些被塑造出的英雄或勇士影像背後，最真實的殘酷。

從「屠殺」到「抗日」，《賽德克‧巴萊》在處理這些議題時，顯然沒有陷入善／惡對立的簡單邏輯中——例如加強日本人的迫害印象，把原住民塑造成悲劇英雄，進而把後續「出草」（獵取人頭當成一種成年必經的儀式）的暴力合理化。它只是試圖帶領觀眾進入賽德克族人的世界，即使那跟我們的道德價值有著不少的衝突——賽德克族人對信仰和對彩虹世界的嚮往，直接影響了在世的言行。狩獵、出草、血祭祖靈，是原住民青年的成人禮。只有驍勇善戰的戰士才配紋臉，臉上紋了圖騰，才配在死後通過彩虹橋到祖靈的家。日本人對臺灣的殖民統治，引進了「文明」，但是郵局或是銀行這樣的文明對原住民沒有意義。原住民失去了獵場，傳統及信仰漸漸受到動搖。於是，對賽德克族而言，是活在當下的苟延重要？還是反抗傳統奪回種族的尊嚴重要？霧社事件之後，有頭目不肯參與免遭滅族之禍，也是這種生死選擇的矛盾。魏德聖放棄了最容易討人歡心、最容易讓人看懂的戲劇手法，以更微妙的處境，更複雜的人物性格來說故事。全劇中沒有好人、壞人，觀眾的視點甚至不斷在原住民與日本人之間轉移，教我們看到了不同人物的限制與苦衷。[25]

2. 失業的單親父親的悲歌與《不能沒有你》

《不能沒有你》（No Puedo Vivir Sin Ti, 2009）
臺灣，92分鐘
導演：戴立忍
編劇：戴立忍，陳文彬
演員：陳文彬、趙祐萱、林志儒

25 參見家明，〈《賽德克‧巴萊》：非一般的血肉史詩〉，《明報‧星期日生活》，2011年10月30日。

【簡介】

　　2009年金馬獎的頒獎典禮上，當《不能沒有你》的導演戴立忍從李安、侯孝賢、關錦鵬、杜琪峰的手中接獲最佳導演獎，同時獲得角逐奧斯卡最佳外語片的機會時，這意謂著臺灣新生代的電影在國片沉寂了好一段時間之後，又有了新的契機。

　　對於臺灣電影來說，《不能沒有你》堪稱是一個異數。它是一部與父愛有關的故事，卻又不只是純然宣揚父愛。

　　事實上，涉及父愛的臺灣電影為數不少，李安的「父親三部曲」：《推手》（Pushing Hands, 1991）、《喜宴》（The Wedding Banquet, 1993）、《飲食男女》（Eat Deink Man Woan, 1994），就從東西方文化衝突的角度，詮釋了中國傳統的父親。《推手》中的老朱，是一個七十高齡從北京來到紐約依靠兒子的父親。他雖然人在紐約，卻依然喜愛太極推手、氣功、圍棋、書法、京劇等中國傳統文化。因著文化的差異，娶了洋人為妻的兒子曉生在文化夾縫中陷入兩難。到後來，老父親雖然努力要維持其作為東方人的文化自尊，和作為父親的尊嚴，但身處異國他鄉，卻不斷受挫、不斷妥協。最後，他只能選擇逃避，黯然離開兒子的家而出走。《喜宴》中的父親高老先生，則是有個思想基本上已經被西方思想同化了的同性戀兒子。他與兒子的衝突不僅根源於東西方文化在對待同性戀這件事情上的差異，而且也體現在對婚禮的不同看法上。身為父親的高老先生只在乎兒媳能不能「傳宗接代」，至於兒子有沒有愛情，反倒是次要的。電影的最後一個鏡頭是老父親在機場接受安全檢查時的高舉雙臂。從意象來說，頗有老父向西方文化妥協的意味。至於《飲食男女》，則是以當下的臺灣社會為空間背景，透過一個父親與三個女兒的家庭，從一日三餐和戀愛、家庭等瑣事，對中國文化進行一番深入細緻而又饒有趣味的觀察。三部片子的父親都由郎雄飾演，他是唯一貫穿這三部片子每一篇章的重要人物，在一定程度上，可以視為中國傳統文化的人格化符號。[26]相對而言，以導演吳念真的礦工父親一

---

[26] 有關於這三部片父親形象的分析，可以參看孫慰川：《當代臺灣電影》（1949-2007），北京：中國廣播電視出版社，2008年1月，頁133-134。

生為藍圖的《多桑》（A Borrowed Life, 1994），反映的則是生長於日本殖民時期臺灣父親的影像。總是自稱自己出生在「昭和四年」的「多桑」[27]，一輩子最大的心願是去日本看富士山和皇宮，他是那個時代許多臺灣男人的縮影：陽剛，對妻、對子的愛似有若無，他們的愛從不說出口，終其一生，對自己的身分和文化歸屬始終都不明不白。張作驥導演的近期作品：《爸，你好嗎？》（How Are You, Dad?, 2009）則是另一種嘗試。片中試圖透過一些小故事，重新詮釋朱自清的《背影》。至於年代久遠些的《搭錯車》（Papa, Can You Hear Me Sing?, 1983），講述的則是一個退伍老兵啞叔與一個棄嬰阿美之間超越血緣關係的父女親情。還有《河流》（Run for Me, 1997）中孤獨、寂寞，難以抑制對同性情慾乃至於在三溫暖的暗室中意外與兒子亂倫的父親；《陽陽》（Yang Yang, 2009）中缺席的法國生父，………[28]。這些林林總總的故事，形塑了數十年來臺灣電影的父親形象。但不論是有象徵中國傳統文化一方的郎雄、本土味十足的蔡振南、精湛詮釋老兵的孫越，或是挑戰傳統的禁忌，與劇中兒子有一場亂倫戲的苗天，都是演員出身，或有過舞臺的表演經驗。唯獨《不能沒有你》的主要角色，啟用了素人演員陳文彬飾演無助的父親，而他同時也是這齣電影的編劇。

　　除了採用素人演員外，《不能沒有你的》的特殊之處，在於全劇採用一種單調的黑白色調，在許多導演極力追求唯美畫面的今天，是相當特立獨行的。據導演戴立忍說，這是一個貧窮的故事。為了不讓大量的油汙、髒、亂、生鏽的鐵等畫面，讓所謂一般中產階級不舒服的東西影響電影的內容與核心的情感價值，所以他選擇了黑白攝影這種能突顯電影特色的風格。除了在色彩上力求單一，本片在對白上也力求簡單，例如當父親帶著女兒去辦戶口被拒後回來和阿財商量，當父親和阿財說：「妹仔，去跟媽媽住吧。那樣就沒有那麼多的麻煩事了。」蹲在一旁的妹仔什麼也沒說，卻站起身來狠狠地推了父親一把，然後重新噘著

27　日語「父親」之意。

28　劉思韻，〈論當下臺灣電影對傳統父親形象的超越：以影片《不能沒有你》為例〉，《北京電影學院學報》，2010年第2期，頁106-108。

嘴瞪著父親蹲下。父親用摩托車載著她回家，到家時她卻沒有像往常一樣的下車，父親問時，她只是緊緊地抱住父親的腰，然後把臉埋在父親的後背上，久久不再出聲。這樣的鏡頭在電影的其他片段中也不時出現，例如父親每次潛水時，小女孩總是趴在船邊不發一語地定定往海裡看，儘管海水很深，她卻告訴父親：只要「一直看一直看一直看」，她就能看見深海中的父親，等著他上岸。整體而言，《不能沒有你》的基調常常像是片中的小女孩——妹仔一樣的安靜。它的敘事或情感表達，主要是透過人物的動作或表情，觀眾必須仔細地觀看和體會，才能在那樣的含蓄隱忍中，感受到一種令人動容的力量。

　　本片講述的其實是一個關於弱勢者的故事。原劇改編自2003年一則發生在臺灣的社會事件。一個無照的潛水伕父親與七歲大的女兒相依為命，一直到女兒必須進入小學就讀，沒有監護權的父親為了替女兒報戶口，於是展開奔波。教育程度不高，又不懂法律規章的父親因此在政府機關中遊走，卻處處碰壁。他在求助無門的情況下，為了和女兒共同生活，只好採取抱著女兒在臺北車站的天橋上往下跳的激烈行徑……。

　　有別於楊德昌拍電影其實是對社會採取批判的態度，《不能沒有你》的導演戴立忍說，他希望藉著拍電影發揮一定的影響力，但是對他而言，不論是寫劇本、表演、導演，甚至剪接，都只是「搞清楚事情的過程」。「如果先入為主地帶著批判的態度，你就永遠看不到事情的真相」。[29]因此，《不能沒有你》這樣的一部片子，敘事的手法與目的，是試圖「還原事情的真相」。而為了客觀而中立的敘述一件事情的始末，戴立忍特別指出，基於他自己受過的戲劇訓練，他在拍攝影片的過程中，會盡量降低自己的觀感，以免剝奪觀眾思考的權利。也是因為這樣特異的手法，替這部片子贏得了2009年金馬獎的最佳導演獎、最佳劇本、最佳原著劇本、2009年臺北電影節劇情長片類百萬首獎、最佳男演員、最佳男配角、媒體推薦，以及年度臺灣傑出電影等八項大獎。

---

[29] 王玉燕，〈重現粗獷的生命力：《不能沒有你》導演戴立忍〉，收入林文淇、王玉燕主編，《臺灣電影的聲音》，臺北：書林出版有限公司，2010年5月，頁142-152。

【問題與討論】

1. 面對所謂的衝突事件，你常常如何看待？你能不能透過簡單的分析、清楚的表述，試著說明整個事件發生的過程？

2. 人在轉述的過程中，不免加入自己的觀點和評價。作爲一個聽眾，你在傾聽的同時，能不能釐清「事情的原委」與「事件的再造」這兩件事的差異？請以一部改編自歷史的電影爲例，提出你的觀察和感想。

3. 請試著用中立客觀的語言或文字，描述最近發生的一個新聞事件。

第七章
組織與簡報呈現

殷善培

導言

　　無論是寫作、創作或研究都需要蒐集資料，就算是創意也多是從既有的資料上增刪訂補、靈活翻轉而來，「巧婦難為無米之炊」，無資料就只能空想了。如何蒐集資料、運用資料更是數位時代要學習的基本知能。蒐集了資料，接著就是組織資料以回應擬定的議題，這時就需要圖解法來協助清理邏輯，然後再將資料進一步組織架構，最後轉化為圖像，以說故事方式來呈現。

一、蒐集資料

　　無論是讀書心得或學期報告，「巧婦難為無米之炊」，沒有資料就下不了筆，更遑論更複雜的個案研究或量化研究了。如何蒐集資料？數位化興起之前這可不是件輕易的事，傅斯年曾有「上窮碧落下黃泉，動手動腳找資料」的生動譬喻，問問任何一位研究者一定都有一籮筐找資料的甘苦談可說。今日在數位化浪潮襲捲之下，查找資料相對輕鬆多了，甚至有許多同學寫報告根本沒進過圖書館找資料，就只在鍵盤上敲敲關鍵字，拜拜Google大神就搞定了。其實在資訊之海中如何找尋出有用的資料仍有訣竅，還是要仰賴專業的指引與學習。淡江大學覺生圖書館自民國82年開始就編有「蒐集資料的方法」，目前發行11版了，圖書館員貼心地為研究者準備了完備的蒐集資料的錦囊，從資訊來源、網路資源、會議論文、期刊論文、學位論文、新聞報紙、研究報告、專利標準、電子化資源、館際合作……等等項目，圖文並茂地引導使用，這本資料可在圖書館首頁的「諮

詢與協助／如何蒐集資料」項下找到全文。[1]

　　只是，資料不該在撰寫報告或做研究時才開始蒐集，平日就該留意及蒐集相關資訊；數位化時代之前這是要靠敏銳的眼光以及刻苦耐勞的精神，以剪報、卡片、筆記的形式，日積月累地形成自己的資料庫。數位化時代當然不用這麼麻煩，可以善用訊息快遞之類服務便捷地掌握資訊。以書籍為例：「博客來」網站對臺灣出版的書刊提供有「追蹤作者」、「訂閱出版社新書快訊」的功能，只要點選作者或出版社旁的「？」，就可啟動追蹤功能，這一追蹤功能可以隨時進入會員專區中的「各項設定／維護」取消；此外，國家圖書館的全國新書資訊網也提供「每日預告書訊」的電子信件通知服務，協助有興趣的讀書參考。

　　再以新聞或網站的資料為例，Google提供有「快訊」服務，只要登入Google帳號，鍵入「Google快訊」（或網址http://www.google.com.tw/alerts），就可進入設定頁面，例如鍵入「淡江大學」，點選「顯示選項」就可以自行調整接收頻率、來源、語言、地區、數量及傳送至收件的電子郵件，如下圖所示：

---

[1]　各大學圖書館也都有推出類似的指引服務，可以善加參考學習。

　　設定好後按「建立快訊」就可按自己選定的模式自動接收訊息，非常方便。不過收到的「快訊」若不進一步甄別，很快就會被資訊海所淹沒，因此瀏覽這些訂閱的「快訊」時要隨手將有用的資料甄別出來，這時就該「數位筆記」上場了！

二、數位筆記

　　平日蒐集得來的資料要放哪？紙本時代是透過大量的卡片、筆記與資料夾，藉由圖書分類等編目原則，將資料井然有序逐一整理歸檔，數位時代整理蒐集及整理資料相對就方便多了，有非常多款好用的數位筆記可以利用。在介紹幾款好用的數位筆記之前，建議同學先申請Google Apps for Education帳號。Google Apps for Education是Google免費提供給教育單位使用的應用程式，同學可從淡江大學入口網站首頁右上角的search框內鍵入「Google Apps」就可連結「Google Apps for Education服務申請」，只要驗證使用者身分後就取得Education版的使用權限，並獲得○○○○@gms.tku.ed.tw的淡江Gmail信箱。相較於免費版Gmail僅提供15G Google Drive（雲端硬碟）使用空間，Education版則是提供無限制的Google Drive（雲端硬碟）空間，非常適合存儲原尺寸的相片及作為文件資料庫使用，也方便將學校提供的@mail.tku.edu.tw或其他帳號匯入此帳號統一管理。若說Education版還有什麼不足，大概就是目前尚未開放Education版使用Google Now了，但可以使用「協作平臺」、Google Classroom等免費版所無的功能，比免費版的Gmail好用許多。

　　有了Gmail或Gms（淡江Gmail）帳號，上網瀏覽到有用的資訊時，簡易的方法是透過Google Chrome「儲存至Google雲端硬碟」的擴充功能來保存頁面（需自行安裝擴充功能），這個擴充功能在儲存網頁資料上頗為陽春，不外下列五種：

　　1.將整個網頁存成圖片（.png）
　　2.將顯示的網頁內容另存圖片（.png）
　　3.HTML來源（.html）

4.網頁封存（.mht）

5.Google文件

　　除了這五種方法外，也可以利用列印模式，印表機選擇為「儲存至Google Drive（雲端硬碟）」（點開「+選擇更多設定」，選擇「簡化網頁」，儲存的畫面較簡約），會以pdf格式儲存檔案，且可以在Google Drive中全文搜尋，但轉換的速度不夠迅速。

　　從蒐集網頁資料的角度來比較，Google Chrome的擴充功能所提供的選擇及效果還未臻理想，有必要藉助其他的雲端筆記軟體來提供支援，底下幾款數位筆記都很適合蒐集網路資源使用。

㈠OneNote

　　OneNote從Microsoft Office2003就已加入微軟系列，OnoNote的使用率及知名度雖不如Word、Excel及PowerPoint，但OneNote可說是非常有前瞻性的數位筆記軟體，一開始就可存音檔、筆跡，蒐集網頁資料，且提供方程式編輯器、複製貼上的圖片文字可開啟ocr辨識……，頁面、標籤、筆記本概念的設計都相當有親和力，目前的2016版大概仍是功能最多元的數位筆記軟體了，只是在擷取網頁資料上「OneNote Web Clipper」的擴充功能不算完善，手機、平板的APP更遠不及網頁版便利，但畢竟是Microsoft Office產品，與Office系列相互搭配最完美。

㈡Evernote

　　Evernote是近幾年廣受手機使用者喜愛的雲端筆記程式，目前分為免費入門版、進階版及專業版三種，入門版只提供60M的流量、同步裝置也僅限2臺，部分功能也有所限制，若只單純存取網頁勉強夠用，若多些圖檔及高階檢索就不敷使用了。

　　Evernote主打萬用筆記本的概念，生活中的點點滴滴都可藉由Evernote搞定。而Web Clipper是Evernote在Chrome上的擴充功能，提供了多種擷取模式保存網頁，畫面清爽易用，擷取速度頗快。

Evernote的使用方法及進階技巧，推薦參考「異塵行者（Esor Huang）」的「電腦玩物」網站（網站連結http://www.playpcesor.com/）。

(三)Wiznote

Wiznote（為知筆記）是中國大陸北京我知科技公司研發的數位筆記軟體，前身是專門來蒐集網頁資料並製作電子書的Cyberarticle（網際知識管家）。此套數位筆記吸收Cyberarticle的優點在蒐集網頁及靈活的標籤分類，且支援各家數位筆記的匯入。Wiznote分免費版和VIP版兩種，免費版的月流量500M，已足夠一般使用者的需求。Wiznote和Evernote的功能類似，但在分類、標籤及層級組織上比Evernote更有彈性。Google Chrome環境下提供的擴充功能「網頁剪輯器」也頗便利。

網易旗下的有道雲筆記功能近似，就不再多介紹。

除了這三款數位筆記軟體，附帶提一下Google Keep，Google Keep尚不能與上述三款數位筆記並駕齊驅，因為性質、功能與訴求都不相同，Google Keep是款類似便利貼的提醒工具，有很多的顏色及自設標籤，可以設定時間及地點的提醒功能，也可用於手機拍照、手寫筆記，Google Keep最適合做清單控（Listful Thinking），也便於直接匯入Google日曆。

三、圖解思考

淡江大學例行對大一新生做「學習風格量表」，多年來發現各學院「圖像／視覺型」的學習風格都遠超過「口語／聽覺型」，顯示多數學生藉由圖片、圖表、流程圖、時間表、影片或實際演練進行學習，記憶效果較佳[2]，這一統計結果和當代視覺傳達蔚為主流的整體趨勢相符合。圖解是圖像思考的一環，是整理、分析乃至呈現資料時的利器，蒐集資料的同

2　相關資料可參考淡江大學學習與教學中心電子報的歷年報導。

時就應當學會圖解論點，從而檢視與甄別資料的適用性。

　　圖解思考的方法千百種，教導如何圖解思考的書籍也非常多，所用的基本圖形不外是以○、△、十，再搭配箭頭或方向符號來產生各式圖解，扼要舉例如下：

(一)○

　　單一的○可以是圓餅圖常用來表現比例，兩個○以上就可用來表達：交集 ◐、包含 ◉、分離 ○○、鄰接 ☍、並列 ⚭、群立 ⚬⚬⚬ 等等現象，若再配上各種角度、大小的箭頭 ➡，更可以表達連續、展開、順序、對立、互動、擴散、因果等各種變化[3]。

(二)△

　　△圖解是一種階層圖的結構，最有名的就是金字塔原理，再則就是「三角邏輯」（邏輯金三角）的結構：金字塔原理已建構成一套結構嚴謹的方法論，放入本文第四部分「組織」再行介紹。「三角邏輯」就是將主張（結論、建議）、論證、資料三者放置在三個角，尋找彼此間的邏輯關聯，從「資料→論據→主張」的次序是歸納法的運用，從「論據→資料→主張」的順序就是演繹法的運用。

(三)十

　　在圖解思考中「十」稱為十字定位圖、也稱為相對關係圖、點狀圖、四象限圖。利用垂直軸、水平軸的相對關係，定位出要比較項目的相對位置，有名的SWOT分析法就是十字圖的活用；水平軸可以是愛德華・狄・波諾（Edward de Bono）水平思考法或發散型思考法（Divergent Thinking）的展開，垂直軸則是邏輯思考或收斂型思考法（Convergent Thinking）的運用。十字圖還可以產生各種變化，如將十字圖加上外框線就成了「田」字的方塊矩陣圖（Matrix Diagram），適

3　久恆啟一，《這樣圖解就對了》，臺北：經濟新潮社，2011年，頁37、43

用於多元思考與分析。

㈣魚骨圖（Cause & Effect/Fishbone Diagram）

　　日本石川馨先生研發出的因果圖因形狀似魚骨故名為魚骨圖，亦稱為石川圖。魚骨圖適合用來思索「策略←→解決」，魚頭代表要解決的問題，魚頭向右找原因，魚頭向左找對策，大小魚骨就是其中的原因或對策。

㈤心智圖（Mind Map）

　　心智圖，又稱思維導圖，是由英國的東尼・博贊（Tony Buzan）於1970年代提出的一種圖像式的思考工具，因其圖像展開像是心臟及其周邊血管，所以稱為Mind Map。近年心智圖在臺灣語文學習領域（尤其兒少教育）頗受重視，心智圖除了用來訓練發散型思考，亦可收攝為樹狀結構，很適合與Prezi簡報軟體配合。隨著雲端筆記的推廣，心智圖軟體也開發出雲端版，手機、平板電腦上也都有手繪板可使用。

四、組織

　　圖解資料後要設法組織這些資料，如何組織資料？底下介紹兩種有效的方法：

㈠高德拉特的TOCFE

　　以TOC（Theory of Constraints，控制理論，或譯制約理論）聞名於世的以色列物理學家高德拉特，將TOC的理念運用到教育領域，提出了TOCFE（Theory of Constraints for Education），主要精神是運用三種圖解法引領出的「三大思考工具」，日本岸良裕司、岸良真由子稱之為：分支圖、疑雲圖與遠大目標圖[4]。原本是用來教導孩童如何養成

4　岸良裕司、岸良真由子，《三大思考工具，輕鬆徹底解決各種問題》，臺北：方智出版社，2015年。

　　思考之用，但用來訓練獨立思考及組織架構也相當實用。

1. 分支圖：整理雜亂無章的思考工具

　　分支圖是用來培養邏輯思考力，分析彼此的因果關係（相互關係），分支圖利用三個物件：「方框」（填入現象）、「箭頭」（表示因果的相互關係）及「香蕉」（合併關係）。

　　三項物件圖示如下[5]：

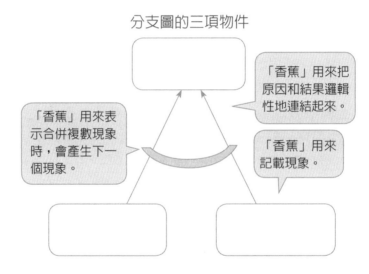

分支圖的三項物件

「香蕉」用來把原因和結果邏輯性地連結起來。

「香蕉」用來表示合併複數現象時，會產生下一個現象。

「香蕉」用來記載現象。

　　利用分支圖進行推理活動的過程如下[6]：

提問一：問題是什麼？

提問二：原本希望會出現什麼情況？

提問三：會採取怎樣拜動促使情況出現？

提問四：為何結果不如預期，究竟發生了什麼事？

提問五：導致結果不如預期的原因是什麼？

提問六：有沒有什麼方法能解決這個原因？

提問七：執行此方法後，是否有可能讓期待的結果發生？

5　同註4，頁57。

6　同註4，頁84。

2. 疑雲圖：解決混亂問題的思考工具

疑雲圖是用來解決兩難，由A、B、C、D、D'五個方框組成，結構如下[7]：

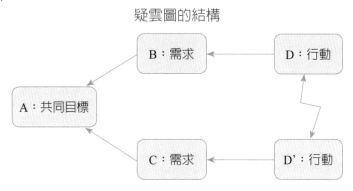

疑雲圖的結構

D'填入與D對立的行動，疑雲圖初步繪製後要進一步確認是否完善[8]：

疑雲圖置好後要找出對立結構中的「偏見」並設法解決：

一是解決B和D'的對立、二是解決C和D的對立、三是解決D和D'的對立、四是思考滿足B和C的另一種可能。

3. 目標圖：找出實踐目標的思考工具

遠大目標相當理想目標，遠大目標圖就是幫助思考如何達到這種理想目標的圖解工具。大致可分五個步驟：

步驟一：寫下未來的理想目標

步驟二：思考妨礙目標達成的障礙是什麼

步驟三：從列舉出來障礙，思考設定怎樣的中繼目標

步驟四：思考什麼樣的行動才能達成中繼目標

步驟五：思考中繼目標的先後達成順序

也就是按步就班、排除困難，一腳步一腳步往理想目標前進。

7　同註4，頁105。

8　同註4，頁111。

㈡金字塔原理

　　金字塔原理是芭芭拉・明托（Babara Minto）1973年在麥肯錫顧問公司任職期間研發出的一套用來訓練思考、寫作、解決問題的邏輯的方法，後來廣為各界接受使用。

　　金字塔原理是運用邏輯思考將金字塔析出一層一層，是以「彼此獨立，互無遺漏」（MECE，Mutually Exclusive Collectively Exhaustive）的原則以檢視水平軸分類是否完善；垂直軸層層向上的概念是「概括」（Summarizing），層層向下的概念是「分類」（Grouping）。也可以說上下層是因果關係，層層往下就是問「為什麼」（why so），層層往上就是問「所以呢」（so why）。由上而下及由下而上反覆思考調整，並確實做到同一層次不重複、不遺漏。

　　金字塔原理不是平面的邏輯三角，而是立體多維向的組織結構，要學會金字塔原理則要有縝密的思考訓練才行。

五、簡報

　　簡報是現代漢語，是簡略報導的簡稱，但今日簡報一詞多是Presentation或Briefing的迻譯，甚至一講到簡報就直接等同於PPT（PowerPoint）。簡報軟體當然不只有PowerPoint，隨著Google Chrome的高市占率，以及Google Presentation功能的強化，且能智慧地建議背景圖示以Google Presentation製作的簡報也有增加的趨勢；當然具有縮放功能、能拉近推遠的動態簡報軟體Prezi也有一定的愛好者。但不論是PowerPoint、Google Presentation或Prezi，都只是簡報過程中的一環而已，簡報專家喜歡引入前美國總統威爾遜（Wooddrow T. Wilson）曾說的話：「若要演說十分鐘，我得準備一個星期；演說十五分鐘，要準備三天；演說半小時，則是花兩天準備就足夠；如果是演說一小時，現在就可以上場了。」這段話說明，愈是精簡的表達就得花費更多的心力去構思，有實務經驗者都會同意這一說法。至於如何構思簡報？有簡報界女王美稱的南西・杜爾特（Nancy Duarte）圖解規劃一場簡報過程如下圖：

對照南西・杜爾特在「創造精彩簡報的五個原則」（Five rules for creating presentations）的說法就是——

構思階段：相當於原則一的「觀眾為王」和原則二的「傳達理念、感動觀眾」。

視覺化階段：相當於原則三的「視覺化說明」。

呈現階段：相當於原則四「簡化設計」及原則五的「在您、觀眾與投影片之間建立真正關係」[9]。

無論三階段還是五原則，都切要地點出簡報流程要注意的事項，順著南西・杜爾特的指引，略加申說如下：

儘管簡報有諸多類型，不同的學門、不同的專業領域所強調的內容及層次均有差別，但基本原則是一樣的，關鍵的呈現形式仍然相去不遠。簡報就是說一個故事，要把簡報當成編劇來思考，如何引起觀眾的共鳴，如何不亢不卑地訴求自己的主張。

製作簡報時將原本的報告圖像化，因為大量的文字排列，視覺及感官上容易喪失焦點，也難以維持興趣與專注力；刪汰文字，只保留標題（關

9　參見：https://www.youtube.com/watch?v=5hbtjZw7gws；另可參考黃永猛先生的說法：「簡報其實包括了三大核心技巧：一是內容與組織，二是簡報技巧，三是PPT製作技巧。簡報的目的其實是透過這三種技巧，簡單扼要地用視聽效果，快速地解決問題，並促使聽眾採取行動。」（黃永猛，《麥肯錫不外流的簡報格式與說服技巧・序》

鍵字）或試著打造出響亮的金句，結合影像、動畫、聲音呈現，讓聽眾以觀看或聆聽的方式來參與一場簡報。

　　舉例來說，如果是一份商業簡報，其內容涉及商業、統計、企劃、預算、市場、版圖等等知識範疇，簡報美學的設計與呈現者，應該盡量掌握這些關鍵的面向與意圖，了解觀眾已知什麼、想知道什麼、不同管理階層者的特質是什麼；同時嘗試在簡報投影片中，以視覺（Visual）的方式來作基本表現，如此，觀眾才比較容易以直覺的方式，進入你的簡報表現場域。其他舉凡選用或設計版型、配合適當的邏輯或線性圖像、搭配相關的影像或影片及鑲嵌相關的音樂或動畫等，亦是類似的邏輯。

　　如果是一份人文、藝術或通識學門的簡報，其形式元素則更為豐富，舉凡原文的核心意象、人物形象、色彩、風格、背景、物品，甚至情節等，都可以將其以一種形式化的方式，轉化進入你的簡報中。例如，你想報告豪爾赫‧路易斯‧波赫士（Jorge Luis Borges）的後現代文學作品《小徑分岔的花園》，其情節的邏輯恰好就是碎片與超連結式的，因此，與其以文字的「線性」方式「表現」這種文本現象，不如採用圖像的「發散／擴散」邏輯來「表現」，這樣觀看簡報的人馬上就能從圖像的發散中，聯想到你想強調的內容與意義。或者，你想報告白先勇的長篇至情散文〈樹猶如此〉，這篇作品在時間上橫跨三十年，空間上可連繫上大陸、臺灣、美國等多區版圖，同時關鍵轉折均以「樹」的種植、成長、茁壯、衰亡作為跟主人公之間隱喻「病」的的線索，這時就不一定要採用文字來表述這一切，而可以繪製他至情時空的發展地圖，同時配合「樹」的形象變化，來陳述你對此文本的理解，這樣既能讓「觀眾」以圖像的方式記憶你的內容，同時也更容易理解與進入文本的深情感性世界中。

　　有了以上的原則認識，即使並非藝術、設計背景出身的大學生，都可以在現今豐富材料與資源的網路世界裡，妥善地選擇適當的形式材料，來配合以突顯自己的書面和口頭報告。以下，就再進一步說明一些簡報美學的基本理念與應用方法。

(一)選用或設計版型

　　無論是使用哪種簡報軟體，除了軟體本身所內建的簡報範本外，同學還可以善用非中文世界的版型及圖像資源，例如在Google中檢索「Power Point Template」為例，就會出現大量英文世界中的免費投影片版本範本，同時它們亦有一些基本的形式分類，例如商業、教育、人物、抽象、色彩等等。報告者可以根據上述的思考邏輯，選用最符合你報告性質的樣版，以求達到對閱聽者的入門視覺暗示。此外，如果這些版型並不完全合乎你的使用，也可先選擇最相關的類型，再加以微調或微設計，以目前新生代對資訊工具的使用能力，相信應該並不會太困難。

(二)配合適當的圖像或統計圖表

　　簡報的內容既然切忌堆砌文字，那麼許多的文字就應該轉化為圖像來呈現。簡報軟體中通常都有各式的圖像和統計圖表可供參用。如果是一份較短時間（如十五分鐘）或十頁左右的簡報，其內在的圖像或統計圖表，不要太多變化，可略具有一些統一性，同時在數據或比例的表現上，盡量簡潔明瞭，不要太過複雜。但是，如果是較長篇幅的簡報，例如數十頁的簡報（如半小時到一小時），可以考量讓投影片的形式本身，也帶有轉折的暗示涵義，例如適當的使用不同的表意圖表，差異化的色彩或色塊的形式暗示，不同類型的線條或框架等，都能為你的簡報增添一定程度的轉折性、活潑性與豐富性。

(三)排序相關影像來說故事

　　在簡報中，還可以選擇搭配與報告相關的影像來說故事，但為了表意清楚，最好在當中自行先建立一些思維上的相關性，並且選擇主題上較接近的照片來陳述與參照。例如你要報告目前臺灣對流浪動物的管理辦法與非營利組織實際運作方式，除了可以自行田野調查、拍攝相關的照片外，也可以上網查詢、參照國際相關的流浪動物組織單位的照片來加以補充敘述，以在「參差對照」下襯托你的主論點。同

時，在照片的選擇上，應盡量優先考慮畫面簡單且帶有明確暗示性的作品為主，因為簡報的時間有限，一張照片停留的時間不宜太長，簡報者也不宜對其進行太仔細的分析，以免喧賓奪主（簡報者）。

㈣搭配相關的短片或動畫

如果，報告的時間較長（如一小時以上），而且報告的聽眾／對象較為年輕，為了吸引他們的注意力與專注度，或許還可考慮穿插一些相關類型的影片與動畫，來強化你的簡報效果。這一類的材料，目前網路上的資源也非常豐富，無論是YouTube或一些開放式課程網頁（Open Course Ware），都可以根據關鍵字的檢索，連繫上相關的延伸線索，甚至在今日，人手一臺可錄影的手機的條件下，同學也可以自行錄製短片並且進行簡單的後製，相信更能讓閱聽者感受到你報告的特色、努力與用心。

㈤鑲嵌相關的音樂

簡報的音樂可以粗略分成背景性的音樂以及專題型的音樂兩種。背景性的音樂可以選用能夠搭配整個報告內容或元素特色的音樂，但除非是想表現較戲劇化的簡報，不然一般還是建議選用較單純的、沒有太明顯轉型的曲目。例如你要報告一場臺灣原住民生態的簡報，就可以選用一些相關的原住民曲子，將曲子鋪陳在背景間（就像作畫時的底色），可為簡報和報告的場域營造一種氛圍，同時引導與暗示聽眾對主題的興趣，切記音量宜小以免喧賓奪主。專題型的音樂指的是針對簡報的相關內容，搭配對應的音樂，例如你想報告你閱讀村上春樹的心得，村上春樹的作品中時常都包括一些古典音樂曲目，那些曲目往往跟內文都有彼此同構、補充、暗示甚至推進情節的關係，因此，如果你是進行類似的文藝報告，也可以考慮將它們穿插在當中（剪取關鍵的片段即可），以強化聽眾的整體感官印象。有時候，會比僅僅只展示文字要來的更有力量與說服力，因為好的曲目，本身就有極高的美學感染力，能夠補充閱聽者對文字的知覺。

㈥互動與遊戲性

　　最後，有鑑於網路新生代已習慣跟電腦互動，某些技術能力較高的簡報者，也可以考慮在簡報中加入一些互動與遊戲性的元素，以電玩的邏輯引導聽眾自行選擇與進入這份簡報。這種設計的難度較高，同時更講究觀眾的主動參與，如果簡報的主題與對象較為年輕、自主與活潑，那麼在簡報中，穿插一些互動與遊戲性，便是更能拉近彼此距離的方法。

　　總的來說，簡報美學不只是一種技術建構的產物，也是一種理性、知性思考的組合策略，雖然簡報者並非一定是專業設計與美學科班出身，但了解、掌握一定程度美化簡報的方法，配合書面報告以綜合地突出、強化簡報者的口頭報告，相信會讓閱聽者更為印象深刻，才能更有效地完成簡報的傳達訊息、溝通理念與說服他者的目的。

六、簡報示例

　　為了更清楚展示簡報版型與呈現方式技巧，我們特別邀請任職淡江大學文學院，同時亦是臉書「簡報一沙鷗」的簡報達人林泰君老師，為我們示範製作簡報的技巧。

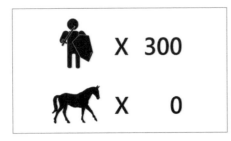

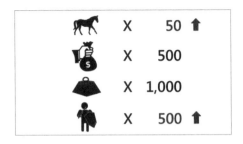

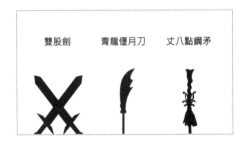

—— 林泰君老師提供

七、延伸閱讀

(一)蒐集資料

1. 王友龍，《圖解提案學》，臺北：臉譜出版社，2009年。

2. 梅瑞爾（Douglas C. Merrill）、馬丁（James A. Martin）著，胡琦君譯，《Google時代一定要會的整理術》，臺北：天下文化，2010。

(二)數位筆記

1. 電腦玩物站長，《Evernote 100個做筆記的好方法》，臺北：PCuSER 電腦人文化，2013年，2016新版。

2. PCuSER研究室，電腦玩物站長，《Evernote超效率數位筆記術》，臺北：PCuSER電腦人文化，2014年。

3. 電腦玩物站長，《打開大家的Evernote筆記本》，臺北：PCuSER電腦人文化，2015年。

(三)圖解

1. 奧村隆一著，朱立文譯，《圖形思考技巧》，臺北：商周出版，2008年，初版。

2. 易博士編輯部，《分析清楚，問題自然好解決》，臺北：易博士文化，2009年，初版。

3. 久恆啟一著，梁世英譯，《這樣圖解就對了》，臺北：經濟新潮社，2011年，初版。

4. 王友龍，《會圖解思考的人最厲害！寫報告、提企劃案、開發新產品、解決問題，一生受用無窮的38種思考法！》，臺北：臉譜出版社，2012年，初版一刷。

5. 西村克己著，朱麗真譯，《終極圖解力》，臺北：商周出版社，2012年。

6. 多部田憲彥著，周若珍譯，《1枝筆十1張紙，說服各種人》，臺北：核果文化事業，2014年。

7. 王友龍，《圖解資料學》，臺北：臉譜出版社，2015年12月，二版一刷。

8. 森秀明著，連宜萍譯，《外商顧問超強資料製作術》，臺北：時報文化出版，2015年12月，初版七刷。

(四)組織

1. 芭芭拉・明托著，陳筱黠、羅若蘋譯，《金字塔原理》，臺北：經濟新潮社，2007年9月，初版十刷。

2. 芭芭拉・明托著，羅若蘋譯，《金字塔原理Ⅱ》，臺北：經濟新潮社，2008年9月，初版。

3. 王友龍，《圖解金字塔原理》，臺北：臉譜出版社，2008年。

4. 岸良裕司、岸良真由子著、李瓔祺譯，《三大思考工具，輕鬆徹底解決各種問題：以色列物理學家驚豔全球的思考法》，臺北：方智出版社，2015年5月，初版。

(五)簡報

1. 黃彥達，《第一次簡報就上手》（增訂版），臺北：易博士文化出版，2008年。

2. 格森（Bo Bergstrom）著，陳芳誼譯，《視覺溝通的文法》，臺北：原點出版Uni-Books社，2012年1月，初版一刷。

3. 格森著，陳芳誼譯，《視覺溝通的方法》，臺北：原點出版Uni-Books社，2015年，初版一刷。

4. 南西・杜爾特著，呂奕欣譯，《跟誰簡報都成功》，臺北：遠見天下文化出版社，2015年9月，初版四刷。

5. 南西・杜爾特著，黃怡雪譯，《視覺溝通的法則》，臺北：大寫出版社，2015年10年，初版六刷。

6. 高杉尚孝著，李佳蓉譯，《麥肯錫不外流的簡報格式與說服技巧》，臺北：大是文化，2016年3月，初版九刷。

八、練習單元

1. 以試著運用○、△、十等圖示來圖解一篇報導。
2. 請繪製擁核主張與反核主張的魚骨圖。
3. 請以金字塔原理中的MECE來分析本書的架構是否完善。
4. 請用本章所述的簡報原理製作一份簡報。

請沿虛線剪下

第八章
溝通與企劃技巧

楊宗翰

導言

　　人是一種社會動物，溝通則是人的基本需求。這意指：我們需要共同營造一種社會生活，需要透過溝通來意識到「我是怎麼樣的一個人」，需要透過成千上萬種溝通行為來協助自己適應環境。我們藉由溝通來定位自己、了解他人，它是一個雙向道路——不是一方說或做出傳達動作而已，而是一方先接受訊息，繼而做出反應，一來一往間構成了溝通的管道。人與人之間溝通，所接受的訊息不僅限於口語內容，還應該包括聲調、語氣、表情、肢體動作、目光接觸等等，乃至於所謂「非語言溝通」（Non-verbal Communication）。溝通所欲傳達的，正是以上這些資訊的總和。

　　本章將先介紹溝通的起源、要素、過程與目標，再說明語言和非語言溝通之間的相似性／相異性。繼而由此談到人際關係中的溝通技巧，期盼讀者能夠思考如何發展出一生受用不盡的卓越溝通能力。本章不欲將闡述人際溝通一事，淪為吊書袋或純屬經驗分享；而是想善用這些溝通技巧，以思考如何將之轉化在計畫書的撰寫上。產業界一直以來都對「行銷企劃」有著殷切需求，而這個職位正需要良好的溝通及企劃能力。能否順利完成計畫書的撰寫（以及後續的執行），更是檢驗一位企劃人員是否稱職的關卡。除了產業界及其商業環境，學術界人士在從事專題研究案申請時，同樣得向科技部提出合宜的研究計畫書以爭取經費；民間非營利組織或基金會在活動規劃時，亦多會以活動計畫書申請政府單位的資源補助。由上可知，懂得溝通與企劃技巧的人才，畢業後勢必擁有極大的市場競爭力及較多的可選擇職缺。關於這些技巧及認知，其實大學生在學期間就應

該開始自我訓練，免得臨求職時才發覺所知有限，求救無門。本章將介紹
計畫書的撰寫方式，包括目標說明、內容規劃、進度期程、經費結構等內
容核心，並舉例說明應注意事項。從溝通、企劃技巧到計畫書撰寫，在在
都是理論及實務兩者的結合，希望能藉此讓大家對「中國語文能力表達」
這門課程更感興趣。請讓這門課成為日後畢業求職及人生道路上的得力助
手吧。

一、溝通的起源、要素、過程與目標

自古希臘時代開始，柏拉圖及亞里斯多德等哲學家就將語言藝術或
公開演說視為參與社會生活的必備技能，溝通（Communication）這門學
問顯然擁有頗為長久的歷史。在《人類溝通的起源》（*Origins of Human
Communication*）一書中，研究語言的科學家麥克・托瑪賽羅結合了「兒
童語言」及「猿類認知」這兩個不甚相關領域的研究成果，主張人類的溝
通是以基本的相互合作，甚至是共享的意圖為基礎——人類溝通以語言為
其最精密的成品，而共享的意圖便是所有語言句型最初的源頭。他對人類
溝通的起源提出了三種假說：[1]

㈠ 人類的合作式溝通，最初肇始於手勢這個領域（以手指物和比劃示
意）。

㈡ 這個演化是由共享意圖的技巧和動機所促成，這些技能和動機，最初
則是在合作互助活動的背景下演化出來。

㈢ 只有在本身就帶有意義的合作活動中，並在「自然」的溝通形式如以
手指物和比劃示意的協調下，完全武斷的語言慣例才會誕生。

他把人類溝通的起源回推到如此之早，說明人類有了共享意圖，便會
有合作活動；而以手指物、比劃等溝通手勢的出現，更讓人與人之間的合
作變得容易及可能。這些肢體動作，提供了口語演化的平臺，最後遂催生
出今日我們熟悉的各種複雜語言句型。麥克・托瑪賽羅還指出：「語言行

---

[1] 麥克・托瑪賽羅（Michael Tomasello）著，蔡雅菁譯，《人類溝通的起源》（*Origins of Human
Communication*），臺北：文鶴出版有限公司，2010年3月，頁198。

為是人類刻意要導引他人的社會行為」、「這些行為之所以可行，是因為
參與溝通的雙方，都具備共享意圖的技能與動機這種心理基礎，人類演化
出這種意圖，是為了便利在合作活動中與他人互動」。[2]從上可知，「合
作」成為語言演化之本，「合作」也是人類文明發展迄今的重要成就。

　　溝通的基本要素，至少包括情境架構（Context）、來源（Source）、
受播者（Destination）、訊息（Message）、管道（Channel）、噪音
（Noise）、編碼或解碼（Encoding or Decoding）、回饋（Feedback）
等。學者曾歸納溝通的意義是：「在一個情境架構中，由一個人或更多的
人，發出訊息，並由一個人或更多的人收到噪音阻礙（或曲解）的訊息，
產生一些效果，並在其中含有一些回饋的活動。」[3]至於溝通的過程，便
是這些溝通要素在下圖內的呈現：

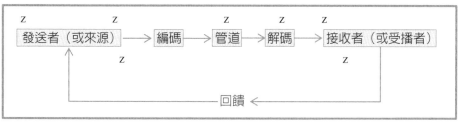

情境架構

*z＝噪音（或干擾）

　　研究溝通學的專家認為，溝通有多項功能，譬如威爾斯（G. Wells）
所提出的這五項：[4]

㈠ 控制：參與溝通的人主要是做控制行為，譬如命令、威脅。

㈡ 表態：在溝通行為中，表達情感或回報別人的情態，譬如尖叫、責
　　罵。

㈢ 傳播訊息：許多溝通行為的產生，是為了傳達訊息或獲知訊息，譬如

2　同前註，頁206。

3　李茂政編著，《人際溝通新論：原理與技巧》，臺北：風雲論壇有限公司，2007年6月，頁198。

4　劉麗容，《如何克服溝通障礙》，臺北：遠流出版事業股份有限公司，1991年4月，頁23-24。

詢問、解釋。

㈣ 表示禮貌：為了保持社會關係，增進交流，譬如問候、參加禱告。

㈤ 表現想像力：溝通行動可使參與者運用想像力，從事富創造性的行為，譬如表演、說故事。

《溝通聖經》（*Mastering Communication*）書中則論及，人與人之間的溝通，背後總是有四個主要目標：

㈠ 被接收，即被聽到或被讀到。

㈡ 被理解。

㈢ 被接受。

㈣ 使對方採取行動，即改變行為或態度。

只要沒達到其中任何一項目標，溝通便算失敗。溝通失敗所帶來的挫折及不滿，經常表現在：「我說的話，你聽不懂嗎？」這樣的反應中。其實問題可能就出在「什麼是『我說的話』？」語言只是我們藉以表達想法的一種代碼，唯有雙方都賦予這組代碼相同意義，這代碼才能被理解。文字只是用以代表事情和想法的符號，而我們每個人都會給予每個字稍微不同的意義。有效溝通的主要障礙，其實就是我們每個人對文字意義詮釋的差別（判別某些文字的意義，有時取決於個人的經驗）。[5]

二、非語言溝通

雖然文字在此扮演著重要角色，但人類當然不是只透過文字進行溝通。我們可能透過圖片進行溝通，用圖片替代文字說明，以加強所欲傳達的訊息。在說話的時候，我們還會透過被稱為「非語言溝通」的其他方式進行溝通，譬如：

㈠ 臉部表情：如一個微笑，或一個皺眉。

㈡ 肢體動作：利用雙手或身體的動作，解釋或強調語言訊息。

㈢ 身體姿勢：坐姿或站姿。

5　以上引自Nicky Stanton著、羅慕謙譯，《溝通聖經：聽說讀寫全方位溝通技巧》（*Mastering Communication*），臺北：寂天文化事業股份有限公司，2011年1月，頁18-20。

㈣ 方向：面對對方，或背對對方。

㈤ 目光接觸：是否看著對方，或是看著對方的時間長短。

㈥ 肢體接觸：拍背、搭肩。

㈦ 距離：自己與對方的距離。

㈧ 點頭：表示同意或不同意，或鼓勵對方繼續說下去。

㈨ 外表：外貌和衣著。

　　上述這九項，都是雙方在溝通時很好的觀察指標。「非語言溝通」實不僅如此，它應該還要包括口頭文字或書面文字的非語言部分：

㈠ 口頭文字非語言部分：音高、語調、語速、音質、音色的變化。

㈡ 書面文字非語言部分：字跡、排版、組織、整潔和整體視覺印象。

　　以上所有「非語言」的溝通方式，也被稱為「後設溝通」（Meta-Communication）。希臘字首「mtea」是「超越」或「附加」之意，所以「後設溝通」可以理解為「溝通之外附加的東西」。這是在提醒我們：人類在溝通時，都會伴隨著這種非語言的溝通。值得注意的是，伴隨著所有訊息出現的後設溝通，是非常具有傳播力的。倘若你的語言跟行為互相矛盾，對方可能只會注意後設溝通所傳達的意思，而不理會文字本身的意思，實在不可不慎。[6]

　　溝通學教授茱莉亞・伍德（Julia T. Wood）指出：超越文字的世界，是人類溝通中重要介面，非語言行為便占了整體溝通意義的65-93%。她將人類溝通面中「語言溝通」和「非語言溝通」之間的相似性／相異性做了比較。

1. 語言和非語言溝通之間的相似性

　　⑴ 語言和非語言溝通都是符號性的：譬如見到朋友時，若微笑便象徵愉悅，若睜大眼睛便表示驚訝。

　　⑵ 語言和非語言溝通都有規則可循：譬如在美國，握手是開始及結束商務會議的慣例。

6　同前註，頁21-20。

⑶ 語言和非語言溝通都可能是有意或無意的：兩者都有可能是故意控制或無心的舉動，譬如面試時特意控制咬字及注重穿著；但被問到難題時，不會注意到自己竟然眨了眼睛。

⑷ 語言和非語言溝通都生成於文化之中：非語言溝通也受到文化、想法、價值、習俗和歷史的塑造。當我們學習一個文化的語言時，也學習到非語言的符碼。

2. 語言和非語言溝通之間的相異性

⑴ 非語言溝通比語言溝通可靠：譬如有人瞪著你說：「很高興見到你。」你多半會傾向於相信眼神中傳達的負面非語言訊息。

⑵ 非語言溝通可使用多重管道：語言溝通傾向以單一管道送出，非語言溝通則可能同時出現在兩個以上的管道。譬如你可能微笑地觸撫一個朋友，並輕聲說出讚美，這時非語言溝通便在視覺、觸覺、聽覺三個管道同時發生。

⑶ 非語言溝通比語言溝通有持續性：語言符號有比較明確的開始或停止（只要我們停止說或寫）；非語言溝通卻很難，甚至不可能停止。因為只要兩個人在一起，他們都不斷有意無意地投入在非語言行為中，譬如他們如何進入和離開房間、如何移動、甚至如何歪頭，都可能影響溝通的意義。像是燈光或溫度等環境的非語言特徵，也會影響人際互動。

　　了解語言和非語言行為之間的相似性和相異性，可使我們更明白這兩種溝通形式，並幫助我們洞悉兩者如何在人際互動中合作。[7]

三、人際關係中的溝通技巧

　　人可以停止說話，但不能停止溝通。人際關係是溝通互動的結果，如

7　以上引自Julia T. Wood著，游梓翔、劉文英、廖婉如合譯，《人際關係與溝通技巧》（*Interpersonal Communication: Everyday Encounters*），臺北：新加坡商湯姆生亞洲私人有限公司臺灣分公司，2006年8月，頁179-183。

果我們缺乏溝通的技巧，便很有可能成為人際關係經營上的失敗者，影響到學習、工作與生活。所謂人際溝通（Interpersonal Communication）乃是指：「人與人之間訊息傳送和被人了解的過程；因此，溝通是一個『有意義』的互動歷程。溝通之本質在傳遞訊息，使溝通雙方『了解』彼此的意思，而非讓對方『一定接受』傳訊者的期望。」[8]人際溝通包含了以下四個重要概念：

㈠ 人際溝通是互動性（Interactive）的：溝通是有來有往，而不只是單一方向的行為表現。在溝通歷程中，雙方對於溝通當下及溝通之後形成的意義和關係皆負有責任。因此，溝通行為是彼此相互連結的過程。在人們的生活中，大部分訊息的完整意義都必須藉著雙方互動之後，才能真正完成。

㈡ 人際溝通是一個過程（Process）：它是在一段時間中，有目的進行的一連串行為。它不是一個時間點，而是持續不斷發展的過程。幾乎可以說，溝通永遠都是進行式，它是Communicating的。

㈢ 人際溝通是有意義（Meaning）的：所謂「意義」，是指溝通行為的內容（Content）、意圖（Intention）及其被賦予的重要性（Significance）。

㈣ 人際溝通結果會創造關係：透過互動傳達雙方所接收訊息的意義後，雙方內心會產生對於對方正、負向心理感受（覺得對方是可信任或不可信任），進而在心理上產生一種連結，以決定是否要繼續互動或交往下去。

　　人際溝通具有相當的主觀性，且通常是由接受的人來解讀。所以在溝通過程中，發送者（或傳訊者）認為「我的意思是什麼」並不重要；接收者（或接收訊息的一方）如何解釋「發送者（或傳訊者）的溝通行為是什麼意思」才重要。明乎此，無怪乎人際溝通時會有「各說各話」、「同一件事竟有不同版本」的情況發生。[9]

　　在實際進行溝通之前，就應該考慮「原因、對象、時間地點、內容、

8　鄭佩芬編著，《人際關係與溝通技巧》，臺北：揚智文化事業股份有限公司，2000年10月，頁5。
9　同前註，頁5-6。

方式」這五個面向，俾使人際溝通更為有效及輕鬆。我們可以在每次溝通行為發生前（譬如正式開會前、寄出電子郵件前……），先嘗試回答下列問題：

(一) 原因（目的）：

1.我為什麼要進行這個溝通？

2.我溝通的真正原因是什麼？

3.我希望藉此溝通引起什麼結果？改變對方的態度或看法？

4.我希望在溝通之後對方會做些什麼？

5.我的目的是什麼？告知？說服？影響？教育？同情？娛樂？建議？解釋？刺激想法？

(二) 對象：

1.誰是我的聽眾（聽者或讀者）？

2.他（們）的教育背景、年齡、地位？

3.他（們）對訊息的內容可能會有什麼樣的反應？

4.他（們）對訊息的主題了解多少？比我知道的多或少？

(三) 時間地點：

1.對方會在哪裡接收到我的訊息？是接近還是遠離相關問題的場所？

2.我的訊息位在整個事件的哪個環節？

3.我跟對方的關係如何？氣氛是和諧還是緊張？

(四) 主題（內容）：

1.我到底想說什麼？

2.我需要說什麼？

3.對方需要知道什麼？

4.哪些資訊我可以省略？

5.哪些資訊我一定要包含，以達到有效溝通的6C原則：清晰（Clear）、積極（Constructive）、簡潔（Concise）、正確（Correct）、禮貌（Courteous）、完整（Complete）。[10]

若能先從這四個面向進行思考，便有機會擺脫「只從自己的角度看事

10　同註5，頁27-29。

情」之弊，在人際溝通時體察或接納其他人的可能思考。此外，我們也應該要知道在人際溝通的能力中，有五項使關係更加緊密的技巧：[11]

㈠ 擴展溝通技巧的範圍：沒有哪種溝通方式適用於所有情況。因為溝通效果會隨著溝通方式而改變，所以我們需要各種溝通行為的模式。譬如在安慰人時，我們需要同情心；在支持一個沮喪的朋友時，我們需要表達關心、肯定，並鼓勵他說出問題。

㈡ 適當地調整溝通行為：能夠溝通並不表示我們有能力解決事情，除非我們能因事制宜。雖然採取適當的溝通方式並沒有固定的公式，但是我們可以個人目標情況，以及溝通對象作為考量的依據。

㈢ 採用雙方觀點：人際溝通能力的中心能力是雙方觀點（Dual Perspective），是對我們自己及對方的觀點、信仰、想法和感覺的了解。雖然我們會想要表達自己的觀點，但我們也必須了解及尊重其他人的觀點。

㈣ 監看自己的溝通：監看（Monitoring）是指觀察並規範自己的溝通行為。其實人們常在溝通過程中監看自己行為，譬如在向朋友提出敏感話題之前，會提醒自己不要太過防禦，也不要導致雙方爭執。但人們畢竟不是隨時都在監看，一個不謹慎便很容易造成損害。

㈤ 對人際溝通付出更多努力：如果沒有決心以誠懇的對話方式來對待他人，就算擁有其他技能，最終都是無效的。應該思考自己有哪一些需要改善的溝通能力，並與自己約定在這些方面多加努力。

　　最後必須提醒：世界上沒有不會溝通的人，只有「不會跟人溝通的人」。其實「溝通」就是在「通溝」，亦即打通堵塞、不暢的管道，讓死水重新變成活水。在溝通過程中，有時「聽」比「說」更重要，「怎麼說」又比「說什麼」還重要——畢竟別人能否接受我們的意見、是否有意和我們合作，多半取決於我們如何表達意見。

---

[11] 同註7，頁46-51。

四、從溝通策略到策略企劃

　　每當公司有新商品要上市，員工就得想：「如何說服消費者購買這個商品？」、「這個商品『新』在何處？」、「它怎麼和其他家同類型商品競爭？」……。員工為此還可能需要做市場調查、分析消費者心態，以求讓新商品能夠順利銷售。這些皆屬「溝通策略」，溝通對象則由一個人延伸擴張為廣大群眾。產業界的行銷企劃人員，其工作正是將這些概念、數據、分析成果統整為「策略企劃」，再據之落實為書面文宣、廣播行銷或電視廣告。

　　現代企業相當重視「企劃」單位及功能，對這方面的人才也有著殷切需求。若問企業為什麼需要「企劃」？「企劃」對企業的貢獻何在？主要可以歸納出下列七個原因：[12]

㈠ 企劃作為「高階決策判斷」的依據：高階主管每天最重要的工作，就是做決策判斷。實務上公司常見的決策，包括了投資決策、行銷決策、財務決策、管理決策、研發決策、策略決策等，皆有賴企劃人員及企劃單位事先提出完整報告。有好的企劃案，才會有好的高階決策判斷，然後才會有好的營運成果。

㈡ 企劃可作為「執行」的基礎與「考核」的根據：管理可以被視為是企劃（Plan）、執行（Do）、考核（Check）與再執行（Action），即「PDCA循環」。因此企劃案將是落實貫徹「推動執行」的重要基礎，以及執行告一段落後的「考核」依據。時至今日，企劃工作已成為企業管理首要功能，所以才會有此一說：「好的企劃案，不一定能成功；但沒有好的企劃案，則一定不會成功。」這也顯示了企劃案的重要性跟必要性。

㈢ 企劃是面對同業「競爭壓力」的應對利器：現代企業來自同業競爭的壓力非常大，既無情、又激烈。在此情況下。企業必須發揮強大的企劃力，做好競合分析，提出有效的因應策略企劃報告。

12　戴國良，《企劃案撰寫：理論與案例》，臺北：鼎茂圖書出版股份有限公司，2013年2月，頁103-108。

（四）企劃因應面對日益複雜的經營環境變化：企業所面對的競爭來源，不只是「競爭對手」，還得面對變化多端的「經營環境」。後者包括了消費者、法令、科技、經貿甚至政治等環境，它們皆會大大影響企業的營運績效。唯有透過周全、完善、及時的企劃，才足以剖析及因應日益複雜的經營環境，並訂出對應的策略方案。

（五）企管工作愈來愈複雜：當企業規模不斷擴大、產品線及市場區隔愈益多元化與精細化，更需要透過團隊的企劃、執行與控制功夫，方能順利運作。

（六）企業不再是完全受市場宰制的無力羔羊：企劃力將使企業不再是完全受市場與環境任意宰割的無力羔羊，並能掌握主導權，創造有利時勢。

（七）決策時間幅度愈來愈長，既爭一時，更爭千秋：實務上，中期性（三至五年）及長期性（五年以上）的策略性計畫案日益重要。當決策時間幅度拉大之後，即必須有系統的、有邏輯的、有系列性與前瞻性的中長程企劃分析及企劃報告，才能為企業奠下進階成長之基礎。

　　了解企劃的可能貢獻之後，我們也該知道在企劃製作的過程中，有五大要素不可或缺：分析現狀、找出目標、了解目標、定位市場、研擬策略。企劃案的種類眾多，舉凡各自不同的產業、目標、條件、狀況，就會有不同的企劃案需求。但不管是哪一層次的企劃案，在撰寫時皆需掌握「6W、3H、1E」這十項精神：[13]

　　　　What：是何目標
　　　　How：如何達成
　　　　How much：多少預算
　　　　When：何時（時程計畫與安排）
　　　　Who：何人（組織、人力、配置）
　　　　Where：何地（國內、國外、單一地、多元地點）

13　同上註，頁135-141。

Why：為何（產業分析、市場分析、顧客分析、競爭者分
　　　析、自我分析、外部環境分析、科技分析）
How long：多長時間
Whom：對誰做（目標為何）
Evaluation：效益評估（有形與無形效益評估）

　　至於企劃書本身，雖然沒有一定的標準格式，卻有一些公認的基本
要求：譬如封面需有企劃案的「主題名稱」、提報「單位或人員」、撰寫
或提報「日期」。企劃書上要有目錄（甚至摘要），以突顯該企劃案的重
要發現、對策和結論。企劃的內容本體則需書明工作人員組織表、執行辦
法、排程、預算等資訊，若有必要還得加上「參考資料」作為來源說明。
永遠要記住：企劃書的撰寫也是一種溝通，撰寫者應該擺脫「只從自己
的角度看事情」，用對方聽得懂的語言溝通，並能夠接納其他人的可能思
考，這樣的策略企劃才容易成功。

五、行銷企劃書

　　企劃書的寫作是一門溝通藝術，需要融合企劃者的主觀想法與提案
對象的客觀需求。企劃書種類繁多，其中最常見者當屬活動企劃、產品企
劃、行銷企劃、學術研究計畫、補助申請計畫等。在此囿於篇幅，僅能以
「行銷企劃書」與「申請計畫書」兩者為例，試作說明。
一份好的行銷企劃書，其基本格式應有：

1. 行銷企劃案名稱
2. 目錄
3. 執行概要
4. 現況分析
5. SWOT分析
6. 行銷策略
7. 行銷活動執行方案

8.宣傳策略與實際方式

9.行銷計畫時程表

10.人力分配

11.經費預算

12.預期效益

13.效益評估及改善

14.附件（如果有則可列入）

　　其中「現況分析」涵蓋市場現況／產品情況／競爭情況／通路情況／消費者分析／環境分析等；而「SWOT分析」為市場行銷的分析方法之一，通過評價產品的優勢（Strengths）、劣勢（Weaknesses）、競爭市場上的機會（Opportunities）和威脅（Threats），用以思考及擘劃發展戰略。當然這些基本格式只是提供參照，最後還是以實務所需及提案對象規定為主。

　　不妨想像一下這個情境：現在你所服務的某飲料公司，下季想推出新品牌的茶飲料，這份企劃案該怎麼提？內容重點可以試擬如下：

㈠本地茶飲料市場分析：

　　1.國內茶飲料市場營收規模。

　　2.國內市場前五名茶飲料之廠商、品牌、銷售、市占率分析。

　　3.國內茶飲料受歡迎之茶種、口味及包裝方式分析。

　　4.國內茶飲料之定價及通路分析。

　　5.國內茶飲料目標消費族群分析。

　　6.國外（如中國大陸、日本）茶飲料市場發展經驗分析。

㈡新品牌茶飲料行銷規劃：

　　1.產品規劃：品牌名稱、容量大小、包裝設計。

　　2.定價規劃：定價、促銷價、小罐裝價、大罐裝價。

　　3.廣告宣傳：媒體採購、公關安排、宣傳預算。

　　4.促銷活動：促銷活動第一波、第二波、第三波……

　　5.通路安排：便利商店、量販店、其他零售通路。

　　6.業績目標：各個通路之月目標、季目標、年度目標。

㈢ 行銷專案之人力分工與事務執掌

㈣ 行銷專案之推動時程表

㈤ 本產品預期之營收、成本及損益分析

　　　換個情境：現在你所服務的臺北東區某百貨公司要辦週年慶促銷，企劃案該怎麼寫？試擬如下：

㈠ 前一年度週年慶活動績效檢討：

　　1.前一年度週年慶活動內容。

　　2.前一年度週年慶活動投入成本、營收及效益。

　　3.前一年度週年慶活動之優缺點分析。

㈡ 今年度週年慶競爭對手之分析比較：

　　1.主要競爭對手A百貨的可能活動內容及優待。

　　2.次要競爭對手B百貨的可能活動內容及優待。

　　3.今日消費者對行銷活動的需求分析。

㈢ 本百貨今年度週年慶活動規劃：

　　1.活動時間。

　　2.全臺各連鎖分店配合活動。

　　3.促銷折扣及特殊優待訂定。

　　4.消費額滿之贈品品項、數量、成本。

　　5.抽獎活動規劃。

　　6.週年慶宣傳重點。

　　7.週年慶活動預算。

㈤ 週年慶活動之人力分工與事務執掌

㈥ 週年慶活動之推動時程表

㈦ 週年慶預估之來客數及總營收

　　　茶也賣過了、週年慶也辦完了，你換到一家公關公司任職，正準備接手臺北郊區某休閒農場的行銷推廣委託。這案子得更多地與媒體結合，企劃內容試擬如下：

㈠ 媒體宣傳目標：打造農場知名度，推廣近郊旅遊，增加營收。

㈡ 行銷對象分析：列出行銷對象及主要訴求。

㈢ 媒體露出規格：

　1. 報紙：與A報配合，推出旅遊專題、人物專訪各一次，新聞性報導三
　　次。

　2. 廣播：與B電臺合作，全國性廣播6,000秒露出。

　3. 雜誌：與C月刊合作，共計四頁露出。

　4. 網路：下關鍵字廣告，及D入口網站之廣告（版位、時間、呈現方
　　式）。

㈣ 媒體宣傳內容：

　1. 籌組媒體參訪團兩天一夜遊，親自體驗本休閒農場。

　2. 關於旅遊專題、人物專訪及新聞性報導之企劃構想，事先提交A報並
　　進行討論。

㈤ 行銷標的分析：列出預計行銷之本農場特色。

㈥ 效益評估：報紙、廣播、雜誌、網路四類媒體之露出經濟效益、露出
　達成率評估。

㈦ 專案執行預算。

㈧ 人力分工與事務執掌。

㈨ 專案推動時程表。

㈩ 附件：擬合作媒體介紹。

　　看到了嗎？行銷企劃書的寫作並不困難，還是記住那點：企劃書的撰
寫就是一種溝通，請替對方（提案對象）想一想，並盡量用對方聽得懂的
語言來溝通。

六、申請計畫書

　　前面介紹的「行銷企劃書」較多應用於產業界及其商業環境，「申請
計畫書」則不然。文學家或藝術工作者，可以個人名義向國藝會、文化局
等單位提交計畫書，以申請創作或發表補助。學術界人士在從事專題研究
案申請時，得向科技部提出合宜的研究計畫書以爭取經費；民間非營利組
織或基金會在活動規劃時，亦多會遞交計畫書申請政府單位的資源挹注。

申請計畫書通常會要求一定格式及檢附資料，端視委託或補助單位之規定。一份好的申請計畫書，其基本格式應有：

1. 計畫主題
2. 計畫背景及目標
3. 計畫內容
4. 計畫執行期程
5. 計畫執行方法
6. 計畫執行進度
7. 經費需求表
8. 經費來源分攤表
9. 人力編制
10. 其他（如：過往實績、顧問同意書）

　　撰寫計畫書以前，務必先弄清楚該計畫的「性質」及「投遞對象（委託單位）」。計畫案的性質可分為標案、補助案、研究計畫案、產學合作案等，性質不同，寫法各異。投遞對象或委託單位則更為多元，以文學類為例，可以申請的單位至少有：

㈠ 文化部：請參考「文化部獎補助資訊網」https://grants.moc.gov.tw/Web/index.jsp。

㈡ 國家文化藝術基金會：簡稱國藝會，請參考該會「補助廣場」http://www.ncafroc.org.tw/supportnews.asp。

㈢ 直轄市或各地方文化局：如臺北市政府文化局，請參考該局「藝文補助」https://www.culture.gov.taipei/frontsite/art_index.jsp。

　　記得先查詢相關資料，特別是投遞對象（委託單位）的前一年度狀況。譬如國藝會的補助結果報告便顯示：

　　　　本期常態補助收件數共704件，經董事會核定之件數為275
　　　　件，補助比例為39.2%，補助總額為43,631,905元。為鼓勵
　　　　具潛力新秀與臺北以外地區的藝文工作者及團體，各類評審
　　　　委員均審慎考量申請案之品質並給予機會，首次獲補助之件

數達73件，臺北以外獲補助之件數達109件，獲補助率達到36.7%。

【文學類】：主題及寫作視角多元，優先鼓勵專職創作之新生代優秀計畫。本期申請件數110件，補助件數35件，創作及出版仍為主要補助項目（88%）。優先補助專職寫作且計畫優越之新生代創作計畫，如謝旺霖《走河》、黃芝雲《路在哪裡？》、楊文馨《結婚座》。重視邊緣文類開拓之優秀計畫，並鼓勵優質評論計畫，如張捷明「客語散文『赤腳拔上雲頂高』」、張俐璇「歷史的港灣：2009-2015臺灣長篇小說評論計畫」。鼓勵與臺灣文學相關之重要文獻之出版，如詹閔旭中譯香港大學黃麗明教授之英文專著「《搜尋的日光：楊牧的跨文化詩學》」。

臺北市政府文化局亦在公布藝文補助結果時說明：

公告104年度第1期藝文補助結果，本期共計受理申請件數為630件，通過初審排入複審會議為612件，獲補助件數為370件，平均獲補助比例為60%，補助總金額為新臺幣3,290萬元。本局藝文補助每年受理二期，補助對象分專業藝文、社區文化、弱勢團體及其他少數族群等三大類。綜觀本期收件情形，以音樂類（165件）為最多，其次依序是社區文化類（84件）、現代戲劇類（82件）、弱少類（70件）、美術類（65件）等；本期總收件數630件，整體而言維持穩定收件數量。

為鼓勵傳統藝術傳承，本局藝文補助在音樂、戲劇、美術等專業藝文類別外，獨立出傳統音樂、傳統戲曲、民俗技藝、書法水墨等傳統藝術類別，申請件數略有成長；另為配合本市推廣性別主流化及性別平等教育政策，弱少類近年來皆有

不少性別議題案件獲補助鼓勵支持，歡迎性別議題之創作、展覽、教育推廣等相關活動的市民朋友們踴躍遞件申請。

　　從國藝會或臺北市政府文化局的公開資料中，計畫書撰寫者應可藉此更加明瞭這兩個單位之補助趨勢、通過比例、鼓勵方向等重要訊息。以文學類為例，創作、出版、調查與研究、研習進修皆可列入補助範圍，只要符合條件、備好資料，擬妥計畫書便可提出申請。申請計畫書的核心，在於目標說明、內容規劃、進度期程、經費結構四項。目標說明（計畫背景及目標）應置於整個計畫案的開頭，在此以擬向文化部申請「文學推廣閱讀」活動補助為例：

【計畫背景及目標】
十九世紀的小說家珍・奧斯汀曾說，文學作品是以精挑細選的語言（the best chosen language）來描述人性最完整的知識（the most thorough knowledge of human nature）。這說明了文學作品的可貴，在於它是「文字」與「知識」的完美結合。閱讀一部文學名著，等同於在享受文字與知識的一場豐盛宴席。好的文學創作，確實都有用詞精確、邏輯完整、充滿智慧與啟發等優點；但這也容易導致一般人誤以為，文學名著普遍意境太高、內容太深、難去消化……。會這樣的誤解，其實跟以下四點脫離不了關係：
㈠缺乏好的文學講師：文學作品的閱讀與欣賞有其訣竅，有時並非人人都可「無師自通」。況且部分文學名著誕生的時空背景，與今日世界相差甚遠，這時候更需要講師適當介紹及引導。好的文學講師，有能力喚起一般讀者及市民大眾對閱讀的喜好，進而建立起與閱讀名著的習慣。
㈡文學閱讀的社會教育不足：現今的臺灣各大學校園內，其實不乏好的文學講師。中文系、外文系都有一些授課

認真、講解清晰、口才學識俱佳的文學教授。但他們往往守在學院體系內，對社會教育使不上力。其實若能結合這群學院文學教育「名嘴」，再加上本來就在民間活躍、對引導文學閱讀深有心得的幾位作家，必能力挽現今文學閱讀在社會教育上的頹勢。

㈢沒有機會與時間，接受系統化的文學教育：一般臺灣民眾囿於時間與精力，平常上班日、上學日根本無緣接受系統化的文學教育。若能利用假日時間，固定每週上一次、每次兩小時、一共二十四次的半年文學閱讀教育，相信必可增進臺灣民眾對文學名著的理解及喜愛。

㈣文學名著譯本或讀本版本不佳：坊間的「文學名著」因作者多屬身故超過五十年的「公版書」，出版品質良莠不齊，某些譯本或讀本常有歪曲原著、原文的謬誤。民眾讀到這種類型的「經典」當然日久生厭，怎能期待他們願意繼續讀下去？由此可知，文學名著譯本或讀本確實需要慎選、嚴選，才能讓文學閱讀真正成為文字與知識的豐盛宴席。

如果讀者是因為前述四大理由（缺乏好的文學講師、文學閱讀的社會教育不足、沒有機會與時間接受系統化文學教育、文學名著譯本或讀本版本不佳）而「排斥」或「拒絕」閱讀文學名著，我們就有責任要扭轉局勢，讓每個人都有機會接受文學的美好。職是之故，本單位推出這項「中外文學名著閱讀與欣賞」計畫，盼能利用每週假日固定課程、一堂兩個小時、共六位文學講師、六個月共二十四堂課的設計，讓達到本計畫的預設目標：

㈠引進優質文學講師，喚起大眾對文學閱讀的喜好。

㈡結合學院文學教育「名嘴」與民間活躍作家，從社會教育、終生學習的角度，鼓勵民眾進行文學閱讀。

㈢利用假日時間，讓民眾有系統地接受長達半年、深入淺出的文學閱讀教育。

㈣由文學講師嚴選最佳之文學名著譯本或讀本，並以「一堂課、一名著」的方式，引導參與民眾在最短時間內燃起對經典的興趣。

期盼本計畫正式實施之後，能夠啟發一般民眾對文學名著的認識與喜愛，讓「閱讀與欣賞文學名著」不再侷限於學校師生之間，而是改在社區、鄰里、巷弄、你我……間不斷流傳，在日常生活中自然發散。

計畫案中的「內容規劃」與「進度期程」需明確說明，以增強審查委員或委託單位的信心。但也要注意到不宜過度誇張，譬如以數千元演講費卻聲稱可以請到諾貝爾文學獎得主。計畫案撰寫不是吹牛或作文比賽。再以擬申請「文學推廣閱讀」活動補助為例，該計畫案執行期共達半年，分為兩部分：前三個月為「外國文學名著閱讀與欣賞」，後三個月為「中國文學名著閱讀與欣賞」，訂於每週日舉行，共二十四堂課，每堂兩小時：

㈠外國文學名著閱讀與欣賞
講師：廖咸浩、陳超明、陳銘磻

場次	課程主題	講師
1	廖咸浩帶你讀馬奎斯《百年孤寂》	廖咸浩
2	廖咸浩帶你讀卡繆《異鄉人》	廖咸浩
3	廖咸浩帶你讀米蘭昆德拉《生命中不能承受之輕》	廖咸浩
4	廖咸浩帶你讀福樓拜《包法利夫人》	廖咸浩
5	陳超明帶你讀費茲傑羅《大亨小傳》	陳超明
6	陳超明帶你讀沙林傑《麥田捕手》	陳超明
7	陳超明帶你讀斯威夫特《格列佛遊記》	陳超明
8	陳超明帶你讀珍奧斯汀《傲慢與偏見》	陳超明

場次	課程主題	講師
9	陳銘磻帶你讀川端康成《伊豆的舞孃》	陳銘磻
10	陳銘磻帶你讀夏目漱石《少爺》	陳銘磻
11	陳銘磻帶你讀芥川龍之介《地獄變》	陳銘磻
12	外國文學名著導讀：綜合座談	與談人：廖咸浩、陳超明、陳銘磻

㈡中國文學名著閱讀與欣賞
講師：歐麗娟、朱嘉雯、王溢嘉

場次	課程主題	講師
1	歐麗娟帶你讀李白詩	歐麗娟
2	歐麗娟帶你讀杜甫詩	歐麗娟
3	歐麗娟帶你讀王維詩	歐麗娟
4	歐麗娟帶你讀李商隱詩	歐麗娟
5	朱嘉雯帶你讀《紅樓夢》	朱嘉雯
6	朱嘉雯帶你讀《鏡花緣》	朱嘉雯
7	朱嘉雯帶你讀《老殘遊記》	朱嘉雯
8	朱嘉雯帶你讀《京華煙雲》	朱嘉雯
9	王溢嘉帶你讀《聊齋志異》	王溢嘉
10	王溢嘉帶你讀《莊子》	王溢嘉
11	王溢嘉帶你讀《論語》	王溢嘉
12	中國文學名著導讀：綜合座談	與談人：歐麗娟、朱嘉雯、王溢嘉

　　至於申請計畫書的另一核心「經費結構」，它通常被寫成「預算表」或「經費需求表」，下含經費項目、單價、數量、總價、計算方式及說明等項目。

經費需求表：

預算表				
經費項目	單價	數量	總價	計算方式及說明
一、人事費			小計	
計畫主持人		6月		計畫執行期共6個月
兼任助理		6月		計畫執行期共6個月
課程講師費		22人次		共22堂課
座談會與談人費用		6人次		共2場座談會
顧問費		3人		召開顧問會議
臨時工資		48時		協助課程進行相關事宜
二、業務費			小計	
課程講義編印費		22次		22堂課，每堂各別編印講義
宣傳設計費		2次		DM、文宣等設計費
宣傳印刷費		2次		DM、文宣等印刷費
廣告宣傳費		2批		媒體付費廣告
攝影費		24次		演講攝影
稿費		24次		演講側記
交通費		1批		補助講師交通費
場地費		24次		課程場地使用費
三、行政管理與雜項支出			小計	
行政管理費		1批		
雜支		1批		
總計			新臺幣　　元	

　　有些計畫案會要求提案單位填寫「經費來源」，這其實與計畫的性質有關。譬如政府部門的活動經費「補助案」，多採補助金不超過49%的比例，其他財源則由申請單位自籌；若屬政府部門「標案」則不受此限制，當然申請或提案單位得對經費妥善運用，盈虧自負。

　　申請計畫書的撰寫，猶如提案單位在向委託單位（科技部、國藝會、文化局、民間基金會……）溝通，同樣需要重視及增進溝通技巧。時至今

日，深諳溝通與企劃技巧的人才，職場競爭力及可選擇職缺都比一般人來得多。大學生在學期間若能就溝通與企劃能力自我精進，加上有良好的工作態度，對未來職涯發展必定有所幫助。

七、延伸閱讀

1. Deborah Dumaine著，王偉民譯，《用筆溝通》（*Write to the Top: Writing for Corporate Success*），臺北：天下文化出版股份有限公司，1990年8月。

2. Julia T. Wood著，游梓翔、劉文英、廖婉如合譯，《人際關係與溝通技巧》（*Interpersonal Communication: Everyday Encounters*），臺北：新加坡商湯姆生亞洲私人有限公司臺灣分公司，2006年8月。

3. Michael Tomasello著，蔡雅菁譯，《人類溝通的起源》（*Origins of Human Communication*），臺北：文鶴出版有限公司，2010年3月。

4. Nicky Stanton著、羅慕謙譯，《溝通聖經：聽說讀寫全方位溝通技巧》（*Mastering Communication*），臺北：寂天文化事業股份有限公司，2011年1月。

5. 李茂政編著，《人際溝通新論：原理與技巧》，臺北：風雲論壇有限公司，2007年6月。

6. 梁憲初，《企劃孫子》，臺北：遠流出版事業股份有限公司，2000年5月。

7. 劉麗容，《如何克服溝通障礙》，臺北：遠流出版事業股份有限公司，1991年4月。

8. 鄭佩芬編著，《人際關係與溝通技巧》，臺北：揚智文化事業股份有限公司，2000年10月。

9. 戴國良，《全方位企劃案撰寫全書》，臺北：商周出版，2010年1月。

10. 戴國良，《企劃案撰寫：理論與案例》，臺北：鼎茂圖書出版股份有限公司，2013年2月。

八、練習單元

1. 語言溝通：

回顧自己的經驗中，是否曾經因為偏見的語言而有過不舒服的情緒？在那樣的經驗中，最讓你有負向情緒的語言或對話是什麼？如果今天要順暢溝通，你認為應該如何修正那個字眼、語言或對話？

2. 非語言溝通：

請觀察別人在說明、批評、道歉時的非語言行為。思考一下他們的非語言行為，對溝通是有利、有幫助的？還是不利、毫無幫助的？為什麼？

3. 行銷企劃書：

有一個新品牌的啤酒預計於明年夏天上市，請以企劃人員的角度，嘗試撰寫一份行銷企劃書。

4. 申請計畫書：

你剛完成一部小說創作，擬向國藝會申請文學出版補助，請嘗試撰寫一份有說服力的申請計畫書。

第九章
求職面試的藝術與常識

陳大道

　　「面試」是求職者展開新的職業生涯之前重要關卡。初次踏入社會的求職者，縱使有過不同階段的「升學面試」或各種打工經驗，對於即將見到的徵才單位面試官——可能掌握聘任大權，難免心生疑惑：如何和陌生的面試官談論自己？對方已經透過先前書面審查了解自己？對方是否有不可觸犯的忌諱話題？對方是否已有內定人選，自己只是來「陪考」？……鑑於「求職面試」潛藏著太多不確定因素，各行各業也存在著不同的「行規」，在此情況下，求職面試過程之間是否仍然存有不變的真理？答案是肯定的！因為，「求職」向來是人類社會一項重要活動。以大學畢業生為對象的《哈佛商學院教你找到好工作》（*The Harvard Business School Guide to Finding Your Next Job*）指出：「求職本身也是宣傳與銷售的過程，但大多數求職者都缺乏這兩方面的訓練。」（頁13）他舉一本1937年出版的求職指南為例，說明該書所提出的求職忠告，雖然背景是在傳真、電子郵件尚未發明的二十世紀上半葉，今日仍然適用。

　　古今中外許多文獻資料，都有發人深思的求職教誨。春秋時期孔子周遊列國期望獲得明主重用，曾感慨發言：「沽之哉！沽之哉！我待賈者也。」（《論語‧子罕篇》）。這種期望能找一份好工作的「待價而沽」心理，帶給「人力資源的供給與需求」一種買賣交易的聯想，事實亦是如此，求職者與面試官彼此之間的互動關係，類似伴隨「供給與需求」而來的討價還價商業行為。求職者扮演買方的角色，以自己的「能力」與「誠意」向徵才單位購買「職缺」，徵才單位則是以「職缺」為商品，衡量求職者的「能力」與「誠意」。同樣地，為了確定徵才單位的誠意，求職者在面試之前，基本上也應該做好「三大準備與七不原則」的規劃。「三大準備」是：1.蒐集應徵公司資料；2.面試時間地點告知親友；3.檢

視應徵資訊屬實。「七不原則」是：1.不繳錢；2.不購買；3.不辦卡；4.不簽約；5.證件不離身；6.不飲用他人提供飲料；7.不從事非法工作。（《104年青少年職涯領航手冊》，頁28-29）

　　面試困難嗎？這個問題沒有一定的答案。《韓非子・說難篇》提醒知識份子應該如何小心翼翼地「遊說人主」，方能獲得重用。今日市面上教導「面試」、「求職」相關書籍，亦不乏警告求職者切勿違反某些細節，否則求職無望。《哈佛商學院教你找到好工作》指出：「不要理會那些你做不來的求職訣竅，但是也不要躲避求職過程中比較困難的行動，例如聯絡陌生人或鮮少來往的朋友。」（頁14）許多面試時應該遵守的原則，其實就是老生常談的生活規範，例如：守時、整潔、微笑……等等，僅僅在細節部分，有不同的說法，例如，是否應該主動「握手」，有些主張握手、有些主張不握、有些主張見機行事，雖然如此，「用力握」與「大肆搖晃」都不被鼓勵。總之，各種的「面試」相關忠告，雖然有矛盾之處，不變的原則是：接受這些忠告與否的權力，掌握在求職者手中。

　　提早做準備，得到好工作的機會比較大。「面試」技巧不僅有助於積極求職者謀得理想工作，也是人際之間面對面溝通的基本常識。縱使「網路」解決問題的範圍，越來越廣，可是人類無法離群索居，終究會關上電腦，離開「宅男」、「宅女」的網路世界，與他人接觸。《哈佛商學院教你找到好工作》指出：「找工作是藝術，不是科學。」「雖然求職是藝術，但仍然有所謂有效的求職方法與作法：大都是普通常識。這些普通常識通常印證了所謂的『黃金定理』，也就是『己所欲，施於人』。」（頁12、14）總之，面試時應具備的「普通常識」，也是人與人交往應注意的基本知識。

一、徵才單位的期待

　　「面試」是求職者與面試官雙方面的事；除了掌握自己，也要了解對方。第一次參加「求職面試」社會新鮮人應該知道，求職面試官的心態異於「升學面試」的主考官。過去的主考官以師長身分挑選認真向學的莘莘

學子，然而，求職面試官乃是代表徵才單位尋找新進同仁。換言之，求學時代的面試是以「進德修業」為優先考量，考生是否計畫從事教職──與主考官相同的生涯規劃，未必在主考官評量範圍之內，相反地，參加求職面試的應考者一旦被錄取，往往成為面試官的同事，進而被賦予承擔「命運共同體」的責任。

㈠人脈的培養

基於「命運共同體」的理由，求職者與徵才單位之間，存有比「進德修業」更密切的要求。《保證錄取的面談十大祕訣》（*Hire Me! Secrets of Job Interviewing*）指出，「求職者」與「面試者」雙方，同樣期待對方具有以下特質──「感念的心」、「可靠」、「穩定」、「長期的工作承諾」、「團隊精神」、「專業能力」、「忠誠」等。（頁8-9）這些特質，往往存在於「人脈」之中，求職者應該知道，徵才單位「內舉不避親」，乃是理所當然的現象。在此情況下，積極的求職者，更應該重視「人脈」的培養。

《哈佛商學院教你找到好工作》建議求職者，至少將一半的求職精力放在建立人脈上。該書指出，「據估計，大約百分之六十至七十的工作，是透過人脈找到的。」此外，職位越高，透過親朋好友、同學、同事介紹的機會也會越大。（頁123）同樣地，國際性市場研究機構ORC調查，「發現上班族中平均每四個人就有一人是透過親友介紹找到工作。」（《104求職全攻略》，頁131）友達光電人力資源處長古秀華表示「許多企業都有透過員工介紹新人的機制，利用『內部推薦』不失為非名校新鮮人求職的好方法。」（《企業最愛的完美履歷打造》，頁9）可見，臺灣企業招募員工時，雖然容易注意名校畢業生，然而，一般大學生畢業後同樣可透過人脈管道──「內部推薦」獲得理想工作。總之，「求職面試」既然不等於「升學面試」，求職者透過人脈關係求職，不僅無關作弊，更是不可疏忽的一門學問。

徵才單位也會透過「人力仲介公司」網羅能力出眾的人才。《哈佛商學院教你找到好工作》提醒社會新鮮人，這類公司傾向於替「雇

主服務（以得到酬庸）」而非求職者，因為，仲介公司可從徵才單位抽取較為高額佣金，因此，工作經驗豐富的職場高手比較吃香。在此情況下，社會新鮮人更應積極地與值得信賴的仲介公司洽詢，「設法與搜尋機構的專業人員建立長久關係」，使得人力仲介公司成為自己的人脈。（頁142-147）

(二)實力的重要

另一方面，基於「用人唯才」的立場，「人脈」不無成為企業絆腳石的疑慮。提姆・漢德（Tim Hindle）《面試技巧》（*Interviewing Skills*）向徵才單位分析，透過人脈招納新進人員固然有其優點，然而，也應該隨時做好「拒絕」的準備：

> 經人推薦而招聘來的員工，在某種程度上具有實際的技能和經驗，同時對公司的情況也會事先了解；另一方面，如果覺得對方不合適，但礙於情面也會不好拒絕。所以我們建議先對被推薦人進行綜合考評，並時刻做好婉言拒絕的準備。（頁14）

104人力銀行統計指出，求職者爭取面試機會〈履歷表〉當中，最吸引徵才單位重視的項目，依次是「工作經驗」（59%）、「自傳內容符合職務需求」（51.6%）、「求職目標清楚」（48.1%）、「畢業科系」（38.9%）、「文字表達能力」（25.6%）、「畢業學校」（12%）、「最高學歷」（7.8%）、「畢業論文或作品集」（4.4%）、「興趣」（4.1%）……。（《104求職全攻略》，頁180）。從列名在先的「工作經驗」、「符合職務需求」、「求職目標清楚」分析，這些項目都與求職者實力相關，甚至列名在「畢業科系」與「畢業學校」之前。換言之，積極的大學生在選擇未來職涯目標時，不應滿足於就讀科系專業知識的及格分數，還應加入相關行業的打工經驗，以及「證書」、「執照」的取得，對於非本科系的求職

者而言，相關工作經驗以及證照取得，尤顯特別重要。民國104年的新興熱門證照，包括「保母人員」、「就業服務」、「喪禮服務」、「照顧服務員」、「電腦繪圖」、「人力管理」。（《104年青少年職涯領航手冊》，頁22）一般職業類別，可分為：「業務銷售」、「行銷企劃」、「餐飲相關」、「消防保全」、「營建規劃」、「醫療專業」、「補教相關」、「半導體電子」、「維修技術」、「軟體工程」、「操作技術」、「設計相關」、「金融專業」、「客服門市」、「財務會計」、「行政總務」等16項。（履歷大觀園http://www.goodjob.ntpc.gov.tw/epapernewlist.aspx?&uid=44&page=1&）更詳細的內容，可以洽詢「新北市政府人力網」（www.goodjob.nat.gov.tw）或「勞動部勞動力發展署」網站（www.wda.gov.tw）。

　　傑出人士在職場上充分發揮所長、提高整體工作效率的實例，世人有目共睹。潘國樑、邱宇溶，《面試學》指出：

　　　　有一個統計數字揭露，當一個公司僱用一個比平均人才還要
　　　　優秀的人才時，他的生產力可以比平均人還要提升20%；同
　　　　時他的業務量也可以比平均人提升123%。這項驚人的發現
　　　　使得職場的選才方式起了革命性的變化。那些競爭激烈的企
　　　　業必須選在第一時間就要找對人，即找到比平均人還要優秀
　　　　的人。因此，現代的企業在選才的方式及面試的技巧方面不
　　　　得不跟著改變。（頁5）

　　有鑑於每位參加面試的求職者，都是獨一無二的個體，徵才單位樂於提供職缺、薪水，多方網羅人才。作為徵才單位與求職者的第一次正式接觸，「求職面試」的重要性，無庸置疑。

二、面試應注意的事項

　　求職者對於自身特質、性向與專長方面，往往比旁人更了解自己。事

實上，每一位社會新鮮人在參與求職面試之前，早已有豐富的面試經驗。最初可能是家長監護人陪伴，接受保母或幼稚園園方審視體貌特徵，年歲稍長，可能是報名參加某些需要面試的球隊、田徑隊或才藝班，在此同時，各種學科測驗，或者大專院校科系選擇，再加上假日期間打工……各種考試與面試，構成生命裡一段一段的里程碑。《面試無所畏》建議求職者掌握自己的「一般技能」、「專業技能」、「個人特質」、「資格」、「天賦」等，以增加求職信心——建立自己的彈藥庫。（頁27-59）

㈠面試前的心理準備

　　求職者進入面試場合時，應該提醒自己，「面試」需要雙方合作才能完成。提姆・漢德《面試技巧》建議，面試官以20%時間提問，80%時間聆聽。（頁42）雖然，這種方式——要求面試官將發言權交給求職者，未必被各行各業採用，然而，如果求職者真的獲得暢所欲言的機會，更應該嚴肅地與面試官配合，仔細聆聽並且耐心回答面試官提出來的問題。因為，面試官們肩負徵才單位篩選新進人員的責任，他們發問時的心理壓力，並不輕鬆，求職者應該仔細地與他們配合，切勿沉迷於對方「洗耳恭聽」的自滿，忽視對方提問，錯失回答重要問題的時機。

　　面試重點因行業別而有異。有些行業特別重視口齒清晰與語言表達流暢程度，例如，「播音員」、「業務員」、「解說員」、「導遊領隊」；有些行業對於求職者含蓄內斂的特質有所期待，例如，「會計」、「採購」、「作業員」、「機要祕書」；有些則對於求職者的身高或體型有特別的要求，例如「空服員」、「門市人員」、「保全人員」。有些徵才單位除了要求「面談」之外，求職者還得完成包括「性向測驗」在內的「筆試」，錄取結果，則要等到一個月之後才公布……總之，面試的結果可謂一種綜合考量。口舌便給的求職者也許使得面試官動容，剛毅木訥的求職者也許真正使得面試官動心。

　　面試結束後，求職者可能未獲錄取，亦可能立刻被徵才單位錄用。對於涉世未深的社會新鮮人而言，「求職面試」是一項難能可貴

的學習經驗，應該冷靜地利用面試機會，仔細觀察眼前工作環境，是否適合自己？是否安全無虞？縱使好不容易才獲得這次面試機會，也該切實了解工作性質，並且徵詢家人親友意見，率爾允諾不適宜自己的工作，有可能悔不當初。成功的求職面試未必以獲得該項工作為終極目標；了解對方、認清自己，隨時做好自我充實，才會有更多展現個人才華、改善經濟條件的工作機會。患得患失的結果，難免忽視個人真正的志趣所在。

　　「凡事豫則立，不豫則廢」，積極的求職者一方面應該撥出時間，更加深入了解徵才單位的經營背景、運行現況與外界口碑，再方面可以參考面試注意的「教戰手則」── 包括圖書以及網路搜尋「求職面試」（job interview）的教育網頁或短片，提醒自己面試時應注意的細節。求職者應該站穩立場，主動地做好規劃，而非被動地被徵才單位選擇。舉凡師長們的指點、學姊學長親身經驗、同學儕輩與親友們的善意建議，都可提供幫助。

㈡面試時應注意的事項

　　以下提出幾項求職面試應該注意的基本重點。不僅提醒社會新鮮人注意，對於轉換職業經驗比較豐富的求職者而言，也可溫故知新，截長補短，選擇最適合自己的方式，在下一次求職面試過程中，為自己加分。

　　面試官對於求職者的觀感，在10分鐘之內已經定型。《面試技巧》提出資料指出，面試官對求職者的觀感55%來自儀表、38%來自談吐方式、7%來自措辭。所以，求職者一定要給對方良好的第一印象。（頁34）

1. 儀容

　　儀容的清潔整齊，透露求職者自重、自愛，不會為工作場所帶來汙染。此外，求職者適當梳理後露出額頭 ── 如同身分證照片的造型，最能展現坦然與對方溝通的誠意。相反地，舉凡披頭散髮、濃妝

豔抹、惺忪睡眼、宿醉未醒的求職者，都會嚴重破壞面試官的印象，《成功面試的第一本書》提醒：「濃妝致命的特點是破壞人臉上的表情，你臉上細微生動感人的情緒，被層層脂粉所蓋住了。濃妝還會使人喪失信心。」（頁53）《面試前一天必K：Q&A》舉例：「一位任職大型機械公司的人事主管評論，許多求職者前來應徵，他們表現專業、穿著得體、鞋子發亮，結果手指甲縫裡竟滿是汙垢。這當然是面試的大忌。」（頁50）總之，求職者可能因為忽視個人儀容整潔，遭到出局命運。

2. 衣著

求職者應穿著一套乾淨清爽、色調溫和的衣衫，或者因季節氣候，添加適合面談的外套。不要穿著流行，而是穿著得體，以配合應徵職務身分為佳，此外，除非應徵新潮行業，否則都以穿著樸實、保守為宜。比較突兀的狀況，例如：參加派對般的過多香水與首飾、郊遊野餐或家居的率性穿著，往往造成面試官的困擾，弄巧成拙，此外，「確認衣櫃裡面的面談服裝整理妥當」、「皮鞋體面大方」、「攜帶的是公事包而非超級市場的塑膠袋」等等，都是求職者出發前應該注意的細節。（《面試前一天必K：Q&A》，頁51）

3. 目光與談吐

求職者應該示以真誠的目光與面試官接觸。雖然這是個小動作，可是做出堅毅眼神的重要性，容易被人們忽略，原因不外乎害羞、沒有練習，或是不習慣。此外，應該面帶微笑。因為，面試官和我們一樣，都是芸芸眾生，如果我們先放輕鬆，就可打破僵局，至少能使得自己覺得輕鬆。（《成功面試的第一本書》，頁57-76）接下來開口說「你好」，再來就是談談天氣以及給彼此一個深呼吸機會的類似話題。「握手」與否，則視面試場所以及面試官的態度而定，然而，傳統「欠身鞠躬」的禮節，不可偏廢。

4. 三分鐘自我行銷

　　求職者為了打動面試官 —— 至少使對方產生興趣，應該準備一套快速有效的自我行銷。這套自我行銷最好能在三分鐘之內講完，並且應該以工作能力為重心，既要切實又要輕鬆，為了要強調自己擁有別人無法取代的優點，又不宜過度地油嘴滑舌，以免被誤認為在推銷商品而非自我推介，事先「練習」非常重要。總之，自信且自然地展現「三分鐘自我行銷」，有助於加強面試官對自己的印象。

5. 合群性

　　求職者應隨時表現出願意成為團隊一分子的服從性格，但是，也要適當展現領導技巧，以加深面試官的印象。以上兩點，可以舉過去的經歷為例子，在面試時的自我行銷說詞中，加以表現，以達到關鍵的加分效果。此外，求職者更應該給面試官一種勤奮工作的印象，表示有能力與信心完成所交付的工作。

6. 隨機應變

　　徵才單位為了尋找最適當的人選，除了一對一的傳統面試之外，可能有求職者面對多名面試官的「主試團面試」、求職者輪流扮演小組討論主持人或討論者的「討論式面試」、求職者當場參與精心設計過的技能測驗與考試的「競賽式面試」，以及層層淘汰的「漸進式面試」。（《成功面試的第一本書》，頁16-19）有時，徵才單位會加派許多人手從側面觀察求職者在「等待」、「提問」以及「答問」時的行為表現，以判斷求職者是否具有耐心，不易動怒。此外，有些面試地點從室內延伸到用餐場所或咖啡廳，考驗求職者的社交禮儀。（《開始面試就錄取》，頁68-94）

　　徵才單位刻意安排的面試方式，如果不能夠測驗出求職者的優點，受到損失的不僅是求職者個人而已。《面試技巧》提醒面試官：

　　　　在許多領域，你會發現人才的匱乏，這時就需要加倍努力，

以吸引更多的人才。同時，這也意味著在你和應徵者初次見面時，你所扮演的角色正是公司的使者，你要盡量讓對方知道：你們求才若渴。即使會遇到不少麻煩，亦或增加開支，也會在所不惜。不妨顯示你的真心誠意，讓他們知曉，他們的加入會成為公司一份寶貴的財富。（頁41）

可見，面試官在舉行求職者前的心理壓力，絕對不亞於求職者。他們在「儀容」、「衣著」、「目光及談吐」各方面的準備工作，求職者也同樣地可以一目了然，並且做出是否願意以自己的「智慧」、「才能」換取對方提出的「職務」、「薪資」。如果，求職者覺得面試官給予發表的時間與空間仍然不夠，自己對於這份工作又有無比的熱忱，何妨積極爭取表現機會？古代「毛遂自薦」成語故事主角毛遂，就是一個主動請纓、從眾人之中脫穎而出的例子。

(三)如何回答面試的問題

求職者為了掌握面試官的問題，可以透過相關書籍蒐集「題庫」、或是網路搜尋求職面試的網站，參考其中提供求職者回答的技巧。此外，也可透過網路輸入「求職面試」或「job interview」，搜尋值得參考的實境短片。囿於篇幅因素，本文僅針對幾個最常見的核心問題，擇要介紹。

1. Q：你的經驗不足

可能是社會新鮮人最常被問倒的問題。雖然，「履歷表」已經詳細記載求職者的經歷，然而，如果面談時，面試官仍然開口質問：「你的條件尚未符合我們的要求！」求職者一方面可以舉「履歷表」上的經驗為證，再方面可以提出履歷表沒有的例子，強調自己雖然「年輕」，可是具備「快速學習」的適應能力，例如：「我曾經主辦過一場餐會，最初完全不認識任何一名賓客，不知從何下手，最後，按部就班地撥打電話，將難題一一解決，獲得來賓們的稱讚，也結交許多新朋友。」此外，求職者為了證明學習能力與態度，「推薦信」

可以派上用場——無論是老師、教授或曾擔任義工單位的署名，都能證明自己所言不虛。縱使面試官沒有要求「推薦信」，我們也可以事先準備。

2. Q：為何離開先前工作

這也是個難題。針對這個問題，一定要誠實回答，但是該保持正面立場。最好的回答方式，是強調自己在尋找下一個「生涯規劃」的契機，希望以不同方式展現你的能力。例如，「我理想中可以全力配合的工作環境，一方面具有領導明確的上級，二方面有良師益友的指教機會。」縱使求職者離開的上一個工作原因，可能是因為無法忍受前任老闆、上司甚至同事——這些事情常常發生，但面試新工作時，僅需點到為止，因為，面試場合的重點，應該在於未來工作的前景，而不是宣洩滿腹牢騷。

3. Q：你的條件超過預期

這是徵才單位的另一種試探。表面上是一句恭維的話，然而，卻又是委婉的拒絕。積極的求職者不應該就此打退堂鼓，而是更主動地替自己構思一個難以被對方拒絕的理由。例如，採用以退為進的方式，降低姿態以爭取對方好感，「我相信一定可以從前輩這邊，學到更多我不懂的知識。」或是，以更為主動的態度爭取工作機會，「那麼，你們更應該接受我。」此外，求職者也可以將話題繞過「條件過高」癥結，給自己更多揮灑空間，「雖然我在這個領域的經驗豐富而且了解深入，可是，我因為家庭因素，希望能從事相關領域較基層的工作，奉獻心力。」

4. Q：你期待的薪資為何

這個問題有些棘手。然而，求職者一定要事先做好準備工作，可以透過同學、親友、網路、學校就業輔導室，以及行政院青輔會等等管道，整理出相關的資訊，之後，求職者可以按照工作性質與地

點，事先了解薪水介於何種範圍之內。求職者最好抱持著「成為這個職位的最佳人選」的自信，暫時不要主動提起薪資問題，或者是比自己估算的薪水多提高兩千元左右，將這個問題交給主試者和徵才單位去考量，徵才單位可能會支付更多薪水，因為他們對於這名求職者的表現能力，有更多的期待。此外，有工作經驗的求職者，不妨提出上一份工作的薪資，給徵才單位參考。以此類推，健康保險、彈性上班、假日……等等項目，也不宜在第一次面談就提出。（以上面試問題Q&A，主要參考Martha Stewart Living Radio職業輔導教練Maggie Mistal專訪，www.howdini.com/video/10857703/how-to-ace-a-job-interview）

　　面試之後，求職者往往被要求返家等候通知。積極的求職者可以立刻向徵才單位寄出「感謝卡」，留給對方一個好印象。求職者不要太計較「月薪」，而將目光放遠，以「年收入」作為考量。萬一對方久久沒有通知，或者以Sorry Letter拒絕，求職者也可以主動與他們聯絡，甚至積極爭取第二次面談機會。再試一下，對求職者沒有損失，不必覺得難為情。（《履歷面試密技大公開》，頁50-51、231-233）

三、「履歷表」、「求職信」與「推薦函」

　　求職者最初交給徵才單位的個人資料，是「履歷表」和「求職信」。這兩份資料透露求職者絕無僅有的個人特質，例如，初出茅廬求職者「年齡」一項就在考驗面試官——引起他們緬懷逝去的青春。除了「履歷表」和「求職信」之外，有些徵才單位需要求職者附上畢業證書、代表作品或者各式證照影本——絕對不要給「正本」，除非獲得徵才單位正式聘用。

　　「履歷表」與「求職信」並沒有標準格式。積極的求職者會精心設計「履歷表」與「求職信」，並針對不同徵才單位調整內容。這些內容，需包括「應徵職務」、「個人基本資料」、「學歷背景」、「工作經歷」、「社團／活動經歷」、「技能專長」、「語言能力」以及「照片」。（《104求職全攻略》，頁181）。具有巧思的「履歷表」與「求職信」

突顯個人風格，尤其針對「1、我具備哪些別人沒有的特長或優勢；2、我能為這家公司帶來什麼貢獻；3、我用自己的學經歷，佐證前面兩點。」（《企業最愛的完美履歷打造》，頁14-15）促使徵才單位考慮錄用這位求職者，因而展開面談。

　　「履歷表」與「求職信」的功能，同樣都是求職者的自我介紹；前者以簡明扼要的條列方式陳述，後者則是一封以徵才單位為對象的信件。臺灣萊雅人力資源部總經理郭秀君指出：「新鮮人要懂得把自己最突出的特點放在履歷最醒目的地方。」（同前，頁3）匯豐銀行人資副總裁陶尊芷說：「若有自傳提到『我對於某個市場或某個產品很熟悉』或『我曾經處理過多大的資產』絕對令人眼睛一亮。」（同前，頁23）《面試無所畏》（*Fearless Interviewing*）提醒求職者在撰寫時，宜以「實際數字」取代概略描述「量化」的重要性。（頁62-84）例如，同樣是形容求職者的經營、管理能力，如果寫成：「我曾經負責一間民宿所有業務，有豐富的相關經驗。」不如寫成：「我大學時期開始，幫助家人經營一間民宿，全權負責網頁設計、網路廣告、訂房、各項收支。旺季的月營業額可達10-15萬，淡季約2-3萬。」

　　求職信又稱為「求職自傳」。除了具備正式書信「稱謂」、「開頭」、「正文」、「結尾」、「署名」基本要項之外，「求職信」的「正文」是一篇介紹個人特色的自傳，內容宜包含「個人基本狀況及用人消息來源」、「願望表述」、「能力敘述」、「表示面談的願望」等項目。為了吸引徵才單位注意，進而得到面試機會，應以誠懇的措辭、流暢的文筆，約800-1,000的字數，表示誠意。依據104人力銀行協理陳力子說法指出，25至34歲的求職者，自傳超過800字的例子達到67.8%，相對而言，18至24歲的更年輕一代求職者，僅有50%達到800字。（中央社記者吳靜君，臺北，2011.11.05電）此外，也可以採用簡潔表格將「求職自傳」附在「履歷表」之後，這樣的自傳內容約為400-600字，是另一種可供選擇的寫作方式。（見〈附錄〉）

　　求職者除了透過「履歷表」與「求職信」顯示能力指標之外，也可透過「推薦函」展現人脈。原則上，「推薦函」需要委託他人撰寫。舉凡

求職者過去擔任義工期間的主辦單位、打工時期的上司或同事、社團指導老師、求學期間的師長，以及同學或友人，都是請託撰寫推薦函的對象。基於禮貌以及更為周詳的原則，求職者應該和撰述者事先做好溝通工作。《開始面試就錄取》建議：

> 如果希望師長能舉出具體事件，撰寫出感性與理性兼具的推薦函，最好附上詳盡的履歷與自傳，讓師長們有資料可以參考撰稿。（頁79）

任何能夠證明求職者品德與操守的推薦函，都可以採用，以期達到獲得加分的效果，換言之，未必只有民意代表的推薦函才最有力——祝福他們持續連任。

單從「進入社會」事項分析，「面試」並非唯一管道。然而，隨著第三級產業——「科技業」、「商業」、「服務業」與「文教業」等比重逐漸增加，年輕人透過〈履歷表〉投遞，爭取面試機會，進而獲得工作的情況日益普遍。雖然如此，大學畢業生參加公職人員或專業人員等國家考試，或者是直接進入家族企業，都無須求職面試。再者，經濟部中小企業處提供的「青年創業貸款」也提供年輕人另一種的生涯規劃選擇。此外，新手與老手之間存在「學徒」與「師傅」關係的「農」、「漁」、「牧」等第一級產業，以及「煉鋼」、「加工」、「建築」等第二級生產製造，除了專業科目之外，可能更重視從業人員的體能負荷、學習潛力、四肢協調能力，以及健康狀態等。總之，維持身體健康，隨時充實自己，可謂在職場裡表現良好的基本法門。

——感謝淡江大學學務處職涯輔導組資料提供

四、延伸閱讀

書籍

1. 104人力銀行研究團隊著，《104求職全攻略》，臺北：時週文化，2009年。

2. Career職場情報誌編輯部，《企業最愛的完美履歷打造》，臺北：就業情報資訊股份有限公司，2015年。

3. Patricia Noel Drain著、林明秀譯，《保證錄取的面談十大祕訣》，臺北：方智出版社，1995年。

4. 林保淳等著，《創意與非創意表達》，臺北：里仁書局，2005年。

5. Robert S. Gardella著、馬勵譯，《哈佛商學院教你找到好工作》，臺北：如何出版社，2000年。

6. 蘇珊・赫吉森（Susan Hodgson）著、曾湘雯譯，《面試前一天必K：Q&A》，臺北：臺灣培生教育出版社，2007年。

7. 新北市政府就業服務中心，《求職大翻身：破解履歷DNA》，板橋：新北市政府，2011年。

8. 新北市政府就業服務中心，《104年青少年職涯領航手冊》，板橋：新北市政府，2015年。

9. 提姆・漢德（Tim Hindle）著，《面試技巧》，臺北：臺視文化，2002年。

10. 董曉光，《你不可不知道的面試祕密》，臺北：久石文化出版社，2006年。

11. 楊惠卿，《開始面試就錄取》，臺北：太雅出版社，2009年。

12. 潘國樑、邱宇溶，《面試學》，臺北：書泉出版社，2013年。

13. 臧聲遠，《履歷面試密技大公開》，臺北：就業情報資訊，2011年。

14. 劉超，《成功面試的第一本書》，臺北：維德文化出版社，1999年。

15. 瑪姬・史坦（Marky Stein）著、劉復苓譯，《面試無所畏》，臺北：麥格羅希爾出版社，2003年。

網站

1. 「中華民國行政院勞動部勞動力發展署」網站。www.wda.gov.tw。

2. 「中華民國行政院經濟部中小企業處青年創業貸款」網站。www. moeasmea.gov.tw/ct.asp?xItem=10738&ctNode=609&mp=1。

3. 「新北市政府人力網」。www.goodjob.nat.gov.tw。「履歷大觀園」。 http://www.goodjob.ntpc.gov.tw/epapernewlist.aspx?&uid=44&page=1&。

4. 「新北市政府就業服務中心」面試技巧。www.esc.ntpc.gov.tw/_ file/1782/SG/31817/D.html。

5. 104人力銀行網站。www.104.com.tw。

6. 1111人力銀行網站。www.1111.com.tw。

7. Yes 123人力銀行網站。www.yes123.com.tw。

8. Martha Stewart Living Radio 職業輔導教練Maggie Mistal專訪。www. howdini.com/video/10857703/how-to-ace-a-job-interview。

五、練習單元

1.請分析比較「求職面試」與「升學面試」的不同處與相同處。

2.徵才單位重視「工作經驗」作為招募新進人員的理由為何？大學生就讀的「科系」與「學校」是否是進入職場的保證？

3.面試官若問「你的經驗不足」應以「自己曾如何克服困難」回答，若問「你的條件超過預期」應以「自己會努力學習」回答。請問，求職者如果用「努力學習」回答「經驗不足」的提問，會產生何種結果？為什麼？

請沿虛線剪下

附錄　「履歷表」合併「自傳」範本

(一)個人基本資料

姓名：余強	年齡：24	性別：男
婚姻狀況：未婚	行動電話：0911-111-222	聯絡電話：02-8787-1111
電子郵件：john@1111.com.tw		聯絡時間：白天

最高學歷	學校名稱	科系名稱	就讀時間
	文化大學	歷史系	93年9月至97年6月
	學歷：大學		狀態：畢業

(二)工作條件

可上班時間：隨時	希望待遇：月薪31,000元

累計工作經驗：2年3個月

各類職務經驗	職務類別	職務工作經驗
(1)職務經驗	總務	1年2個月
(2)職務經驗	行政助理	1年1個月

是否在職：否

＊前一個工作	就職時間：自民國98年10月～99年12月

產業類別	公司名稱	職務名稱	工作地點	待遇
資訊業	四方科技公司	總務	新北市新店區	月薪29,000元

工作說明

1. 公司內部水電耗材採購及維護。
2. 各部門文件收發控管。
3. 公司警衛系統發包監控。

(三)專長自傳

外語程度	聽	說	讀	寫
英文	■普通□精通	■普通□精通	■普通□精通	■普通□精通

使用輸入法	注音	中打速度：30字以上／分	英打速度：20字以上／分

電腦專長：Word, Excel, Powerpoint

其他技能專長和證照：無

感謝您撥冗閱讀我的履歷，我的姓名是余強，已累積兩年多行政總務相關工作經驗，相信可為　貴公司帶來新契機。

長期包辦家裡的總務工作

我在家排行老大，正因為父母都在上班，下面還有一雙弟妹的關係，因此很多時候我也可以算是家裡的「總務長」。舉凡去賣場補充家用品、換燈泡、馬桶不通、倒垃圾等等，幾乎都由我一手指揮、包辦。

班上的里長伯

我的為人誠懇、做事細心負責，在團隊合作中常扮演溝通協調的工作。大學時期曾參加「幼幼社」，定期到一些育幼院關懷失怙兒童，每次活動所需的交通安排、海報規劃張貼、物品打包運送等工作，長期以來我都義不容辭、獨挑大梁，同學間都喜歡謔稱我「里長伯」，由此可見我熱心的個性。

一年總務工作，幫公司省下超過20萬元

在「四方科技」行政部擔任總務工作一年，主要參與的工作項目如下：
1. 保全系統廠商合約到期，重新招標並締約，為公司一年節省近20萬元。
2. 監督協力廠商完成資訊部門搬遷，其中網路線路布建在短短三天內完成，獲主管推崇肯定。
3. 規劃建置內部備品系統，方便各單位新人報到時可立即上線作業。

工作一年之後，有感於家族企業的格局不大，深感自己的發展空間已經有了瓶頸，便毅然決定轉換跑道，希望自己能秉持對「總務」這份工作的執著，幫助僱用我的企業全力做好分內工作，讓「總務」這個職務不再只是簡單地打蠟、修廁所、換燈泡等雜務，而是更進一步讓所有同仁、主管無後顧之憂，在每個人的崗位上全力衝刺，共同追求企業的高度成長，讓自己的努力有目共睹。

最後懇請　貴公司能夠給我面試的機會，讓我能奉獻所學，參與　貴公司的快速成長。

以上應徵「行政總務」，內容重點在表現自己積極的工作態度及配合度高的個性，鑑於這種職類不需要特定專業技能。

	要項	加分關鍵點	注意事項說明
一	工作條件	1. 強調校園社團幹部的實務經驗，並簡單列舉執行內容。 2. 希望待遇可具體寫出範圍或依公司規定。	1. 避免與職務無關的工作經驗。 2. 避免予人主觀、獨斷的印象。
二	專長自傳	1. 強調個性的積極面。 2. 舉例說明自己吃苦耐勞的性格優點。	1. 切忌過於謙虛或誇大。 2. 個人興趣應以能突顯自己、廣結善緣為佳。

資料來源：新北市政府就業服務中心編，《求職大翻身破解履歷DNA》，頁20-21。

參考文獻

王力:《漢語詩律學》,香港:中華書局,2001年。

王力:《王力近體詩格律學》,太原:山西古籍出版社,2003年。

王錦慧、何淑貞:《華語教學語法》,臺北:文鶴出版有限公司,2010年。

李子瑄、曹逢甫:《漢語語言學》,臺北:正中書局,2009年(2012年)。

呂叔湘:《語文常談》,北京:生活・讀書・新知三聯書店,1982年。

竺家寧:《漢語詞彙學》,臺北:五南圖書出版公司,1999年。

竺家寧:《中國的語言和文字》,臺北:臺灣書店,1998年。

竺家寧:《語言風格與文學韻律》,臺北:五南圖書出版公司,2001年(2005年)。

符淮青:《現代漢語詞彙》,臺北:新學林,2008年。

許錟輝:《文字學簡編・基礎篇》,臺北:萬卷樓圖書有限公司,1999年。

葛本儀:《漢語詞彙研究》,北京:外語教學與研究出版社,2009年。

鄭縈、曹逢甫:《華語句法新論(下)》,臺北:正中書局,2012年。

劉蘭英、吳家珍:《漢語表達》,南寧:廣西教育出版社,2001年。

鍾榮富:《當代語言學概論》,臺北:五南圖書出版有限公司,2006年。

謝雲飛:《文學與音律》,臺北:東大圖書公司,1978年(1994年)。

羅常培:《蒼洱之間》,合肥:黃山書社,2009年。

Note

Note

國家圖書館出版品預行編目資料

中國語文能力表達／淡江大學中文系教材編輯
委員會主編. －－四版. －－臺北市：五南
圖書出版股份有限公司, 2020.08
面； 公分
ISBN 978-986-522-065-5（平裝）

1.國文科 2.讀本

836　　　　　　　　109008243

1X2Q

中國語文能力表達（第四版）

主　　　編 — 淡江大學中文系教材編輯委員會（446.9）

副 主 編 — 普義南

作　　　者 — 曾昱夫、林黛嫚、侯如綺、普義南、羅雅純
　　　　　　 許維萍、殷善培、楊宗翰、陳大道　等編著

企劃主編 — 黃惠娟

責任編輯 — 魯曉玟

封面設計 — 韓衣非

出 版 者 — 五南圖書出版股份有限公司

發 行 人 — 楊榮川

總 經 理 — 楊士清

總 編 輯 — 楊秀麗

地　　　址：106臺北市大安區和平東路二段339號4樓

電　　　話：(02)2705-5066　　傳　　真：(02)2706-6100

網　　　址：https://www.wunan.com.tw

電子郵件：wunan@wunan.com.tw

劃撥帳號：01068953

戶　　　名：五南圖書出版股份有限公司

法律顧問　林勝安律師

出版日期　2012年 9 月初版一刷
　　　　　 2015年 9 月二版一刷
　　　　　 2016年 8 月三版一刷（共七刷）
　　　　　 2021年 8 月四版一刷
　　　　　 2024年 9 月四版九刷

定　　　價　新臺幣310元

經典永恆・名著常在

五十週年的獻禮——經典名著文庫

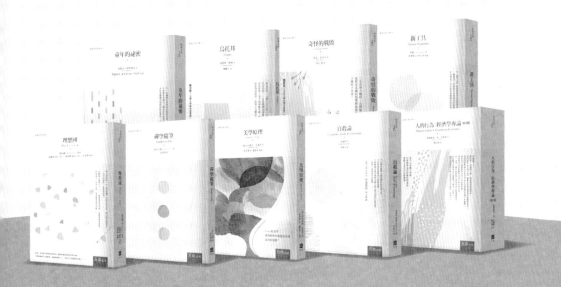

五南，五十年了，半個世紀，人生旅程的一大半，走過來了。

思索著，邁向百年的未來歷程，能為知識界、文化學術界作些什麼？

在速食文化的生態下，有什麼值得讓人雋永品味的？

歷代經典・當今名著，經過時間的洗禮，千錘百鍊，流傳至今，光芒耀人；

不僅使我們能領悟前人的智慧，同時也增深加廣我們思考的深度與視野。

我們決心投入巨資，有計畫的系統梳選，成立「經典名著文庫」，

希望收入古今中外思想性的、充滿睿智與獨見的經典、名著。

這是一項理想性的、永續性的巨大出版工程。

不在意讀者的眾寡，只考慮它的學術價值，力求完整展現先哲思想的軌跡；

為知識界開啟一片智慧之窗，營造一座百花綻放的世界文明公園，

任君邀遊、取菁吸蜜、嘉惠學子！